5分でスカッとする結末

日本一周 ナゾ珍道中

西日本編

栗生こずえ

講談社

もくじ

人物紹《しょう》介《かい》

牧《まき》野《の》貞《てい》介《すけ》

東京出身。キリさんの助手。
通称《つうしょう》「マッキー」。

桐《きり》久《ひさ》廉《れん》太《た》郎《ろう》

東京出身。私《し》立《りつ》探《たん》偵《てい》。
通称《つうしょう》「キリさん」。

前号までのあらすじ

滋賀県

メインテーマは盗《とう》難《なん》

「『名探偵《めいたんてい》・桐久《きりひさ》廉《れん》太郎《たろう》に絵画窃盗容疑《せっとうようぎ》。身代金《みのしろきん》を要求か』だってさ。」

パトカーの中で、キリさんはスポーツ新聞のトップを飾《かざ》る見出しを読み上げた。

マッキーも横から新聞をのぞきこむ。

「へぇ。これによるとオレたちが絵画を盗《ぬす》み出《だ》して、持ち主に『返してほしければ500万円を用意しろ。』って言って身代金《みのしろきん》を奪《うば》ったと？　回りくどいなぁ。キリさんがやるならもっと効率《こうりつ》よくやるんじゃないの？」

「バカ、よけいなこと言うなって。」

キリさんはマッキーをたしなめた。

ともかくキリさんとマッキーが今現在《げんざい》「容疑者《ようぎしゃ》」であるのは事実。

ふつうならまっすぐ警察《けいさつ》の取調室に連れていかれるところだが、そこはさすがに名の知れた探偵《たんてい》。これまで警察《けいさつ》にさんざん協力してきた実績《じっせき》もある。滋賀県警《けんけい》の吉永《よしなが》警《けい》視長《しちょう》の特別なはからいで、捜査《そうさ》に加わることが許《ゆる》されたのだ。

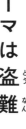

といっても、これだけ大騒《おおさわ》ぎになっているのだから人前に顔は出せない。キリさんもマッキーもかつらを着けた変装《へんそう》スタイル。警察官《けいさつかん》の服を着て制帽《せいぼう》を目深《まぶか》にかぶっている。

吉永警視長《よしながけいしちょう》はパトカーの窓《まど》から外を指さした。

「さて、実地検証《けんしょう》といくぞ。ここが身代金《みのしろきん》の受《う》け渡《わた》し場所になったそうだ。」

真っ青な湖の上にゆるやかなアーチを描《えが》く橋をながめ、マッキーは感心した。

「琵琶湖《びわこ》を橋で渡《わた》れるなんて知らなかったなぁ。」

キリさんもひとつうなずく。

「うん、オレも。」

「へぇ、キリさんも知らないことがあるとはね？」

マッキーはいやみのつもりで言ったが、キリさんは真顔である。

「ああ、オレも驚《おどろ》いてる！」

「まったくその自信に驚《おどろ》くぜ。」

琵琶湖《びわこ》は日本最大の湖である。この琵琶湖大橋《びわこおおはし》は琵琶湖《びわこ》を横断《おうだん》できる陸路で、車だけでなく徒歩でも渡《わた》れるのだ。

吉永警視長《よしながけいしちょう》はパトカーのドアに手をかけた。

「桐久《きりひさ》さん、おかしなことはしないでくださいよ。」

「吉永警視長《よしながけいしちょう》、ぼくたちは犯人《はんにん》ではありません。絶対《ぜったい》に真相を解明《かいめい》してやります。あなたの顔をつぶすようなことはしませんよ！」


「おお、野次馬が集まってるな。」

キリさんは橋のそばにたまっている人たちの間をすりぬけていく。

数人の警察官《けいさつかん》の向こうにはテレビ局のスタッフとレポーター、そして事件《じけん》の被害者《ひがいしゃ》である初老の男性《だんせい》が向かい合っていた。

レポーターの女性《じょせい》は真剣《しんけん》な顔つきで話し始めた。

「中継《ちゅうけい》です。絵画の身代金《みのしろきん》の受《う》け渡《わた》し場所となった琵琶湖大橋《びわこおおはし》から、被害者《ひがいしゃ》の三枝《さえぐさ》宗男《むねお》さんにくわしいお話をうかがいます。三枝《さえぐさ》さんは美術評論家《びじゅつひょうろんか》でいらっしゃいます。三枝《さえぐさ》さんが盗難《とうなん》に気づいたのは12月30日の何時ごろですか？」

三枝氏《さえぐさ》は白髪《しらが》まじりのふさふさした髪《かみ》をなでつけて口を開く。

「その日、5時すぎに帰宅《きたく》すると玄関《げんかん》に1枚《まい》の紙が置かれていました。その文面はこうです。**『佐奈山大冬《さなやまだいとう》の絵画〈水鳥の冬〉を返してほしければ500万円を用意しろ。今夜の深夜2時に現金《げんきん》を琵琶湖大橋《びわこおおはし》の東はしから湖に落とすこと。落としたらすぐにその場を去れ。チャンスは今夜だけだ。警察《けいさつ》に連絡《れんらく》した場合、絵はもどらないものと思え』**。悪質《あくしつ》ないたずらかと思いましたが、〈水鳥の冬〉はなくなっていたんです。」

「それで三枝《さえぐさ》さんは犯人《はんにん》の指示《しじ》どおり、深夜2時にここにやってきたわけですね。」

「はい。水がしみないようきっちり包装《ほうそう》した500万円を詰《つ》めたカバンをここから落としたんです。カバンがプカプカ浮《う》いているのを確認《かくにん》して帰りました。」

「犯人《はんにん》は約束を守ったわけですね？」

「ええ。本当に絵を返してくれるのか心配でその晩《ばん》は寝《ね》つけませんでした。朝の6時に外に出てみると、ドアの脇《わき》に〈水鳥の冬〉が置いてあったんです。」

レポーターは一瞬《いっしゅん》ホッとしたような笑《え》みを浮《う》かべ、また表情《ひょうじょう》を引きしめた。

「それから、警察《けいさつ》に連絡《れんらく》をしたわけですね？」

「はい。犯人《はんにん》との取引は終わったのですから。」

「そして、三枝《さえぐさ》さんは犯人《はんにん》の車のナンバープレートを見ていたんですよね？」

「はい。カバンを落としたらすぐに立ち去れという指示《しじ》でしたが、じつは隠《かく》れて様子をうかがっていたんです。大きい車が停《と》まって、降《お》りた人が橋に行ったのでまちがいないとメモしたんです。あの有名な探偵《たんてい》が乗っていたと聞いて驚《おどろ》きましたよ！」


中継《ちゅうけい》が終わると野次馬たちは橋の脇《わき》の歩道に移動《いどう》し、湖を見下ろしながら思い思いにしゃべりだした。

「犯人《はんにん》は桐久廉太郎《きりひされんたろう》だって？　犯罪《はんざい》にくわしいからいろんな手口を知ってるんだな。」

「桐久《きりひさ》って、キャンピングカーで全国どこでも出張《しゅっちょう》とかやってたんだろ？　よっぽど金に困《こま》ってたんだろうな。」

「名探偵《めいたんてい》も落ちぶれたもんだなぁ。」

こんな会話が聞こえたからマッキーはムカついてしょうがない。キリさんの悪口を聞くのがたえがたく、話をそらそうと雑談《ざつだん》に割《わ》って入《はい》る。

「でも、被害者《ひがいしゃ》も５００万円を湖に投げこむなんてすごいよね。そんなにもうかるならオレも美術評論家《びじゅつひょうろんか》を目指そうかなぁ。」

マッキーが発言すると、みんながハッとした。

なぜならマッキーの後ろに不愉快《ふゆかい》そうな顔の三枝氏《さえぐさ》が立っていたからである。

「もうかりませんよ。講義《こうぎ》やちょっとした原稿《げんこう》の収入《しゅうにゅう》でほそぼそと暮《く》らしています。作品だってそう買えるわけじゃない。身代金《みのしろきん》を出したのは本当に大事な作品だからですよ。日ごろ防犯《ぼうはん》にもすごく気をつけているのにとんだ災難《さいなん》です。」

「あ……いやその、たいへん失礼しました。」

マッキーは冷《ひ》や汗《あせ》をかきながら謝《あやま》った。そして、顔を上げると、いつの間にか三枝《さえぐさ》氏の背後《はいご》に控《ひか》えていたキリさんが微笑《ほほえ》んでいるのが目に入った。キリさんは三枝《さえぐさ》氏にだけ聞こえるくらいの声でささやいたのである。

「三枝《さえぐさ》さん、今のうちに本当のことを言ってしまったほうがいいですよ。『急がば回れ』です。この事件《じけん》は自作自演《じえん》のインチキでしょう？」

「何を言うんだ！」

三枝《さえぐさ》氏の顔は紙のように白くなった。

Q

キリさんは、この事件《じけん》がインチキだと見破《みやぶ》った。その手がかりは何か。

A
解説《かいせつ》

三枝《さえぐさ》氏は「ほそぼそと暮《く》らしている。」「防犯《ぼうはん》にも気をつけている。」と言った。そんな人が家に500万円もの大金を置いているとは考えにくい。帰宅《きたく》した時間には銀行は閉《し》まっていたはず。**2024年時点で、銀行のＡＴＭで引き出せる金額《きんがく》は、一日に50万〜200万円が限度《げんど》**。24時間利用できるローン会社を利用すれば高額《こうがく》の利子がついてしまう。銀行やローン会社など金融《きんゆう》機関を使った場合は、取引の証拠《しょうこ》が残るのでデタラメは通らない。

三枝《さえぐさ》氏は琵琶湖《びわこ》に500万円を投げこんでもいないし、絵も盗《ぬす》まれてはいなかったと認《みと》めた。彼《かれ》はとてもお金に困《こま》っていた。違法《いほう》の高利貸《こうりがし》から金を借りて借金がばくだいにふくれあがっていたところに、その高利貸《こうりがし》から「狂言盗難事件《きょうげんとうなんじけん》」を持ちかけられた。成功すれば借金をチャラにすると言われ、話に乗ってしまったのだ。この計画を算段《さんだん》したのは〈怪力乱神《かいりきらんしん》〉だとわかった。

「急がば回れ」ということわざは「危険《きけん》な近道より、遠回りでも確実《かくじつ》な道を行くほうが結局は早く目的地に着ける」という意味。このことわざは、じつは琵琶湖《びわこ》で生まれた。「強風にさらされて船で渡《わた》るより、回り道をしてでも陸路を歩いたほうがいい」といういましめである。

三重県

招《まね》かれざる客たちの通夜《つや》

黒い喪服《もふく》を着た人たちが行《い》き交《か》うのをながめ、マッキーはキリさんにささやいた。

「なぁ、キリさん。オレたちここにいて大丈夫《だいじょうぶ》なんだろうな。こんな普段着《ふだんぎ》で。」

「いいんだよ。お通夜《つや》っていうのは急の知らせだろ？　喪服《もふく》に着替《きが》えるのが間に合わなくても、かけつけたことが大事なんだから。」

キリさんのもとに、大学時代の恩師《おんし》である法医学の教授《きょうじゅ》が亡《な》くなった知らせが入ったのは2時間前。ひと目会ってお別れをしようと、車を飛ばしてきたのである。

ふたりが着いたのは夜遅《おそ》かったが、宮園教授《みやぞのきょうじゅ》の奥《おく》さんはこころよく迎《むか》えてくれた。

焼香《しょうこう》を終え、あいさつして帰ろうとするキリさんたちを宮園《みやぞの》夫人はひきとめた。

「桐久《きりひさ》さんと牧野《まきの》さん、ゆっくりしていってください。近所のみなさんがたくさんお料理を用意してくださったんですから。」

こうすすめられたら、さっさと帰るのは野暮《やぼ》。弔問客《ちょうもんきゃく》はほとんど帰り、宮園《みやぞの》家の客間には家族と親しいご近所さんが残っている。女性《じょせい》ばかりでくつろいだ雰囲気《ふんいき》だ。

「お兄さんたち、有名な探偵《たんてい》さんなんだって？」

「宮園《みやぞの》先生も教え子がこんなにりっぱになってさぞ自慢《じまん》だったろうねえ。ほら、これだけは召《め》し上《あ》がってもらわないと。」

キリさんは汁物《しるもの》が入ったうるし塗《ぬ》りのお椀《わん》を持ち上げた。

「がんもどき入りのお吸《す》い物《もの》とはめずらしいですね。」

ひと口飲んだキリさんは目を白黒させた。

「ゲホゴホッ！」

むせかえり、涙《なみだ》を流すキリさんに宮園《みやぞの》夫人がかけ寄《よ》る。

「ごめんなさい、説明もしないで……。**これは『涙汁《なみだじる》』といってお葬式《そうしき》のときにいただく三重の郷土《きょうど》料理なんです。**トウガラシをいっぱい入れて、からくて泣いてるのか、悲しくて泣いてるのかわからないようにする意味があるんですよ。」

「へえ、初めて知りました。」

かっぽう着のおばさんは笑い、「お口直しにどうぞ。」とビールを注《つ》いでくれた。

そのとき、戸がガラリと開いた。そこに立っていたのが通夜《つや》の客でないのはあきらかだった。目と口のところに穴《あな》が開いたニット帽《ぼう》で顔を隠《かく》した男は、出刃包丁《でばぼうちょう》をかまえている。

「金を出せ！　勝手に動いたりしゃべったりしたら命はないぞ！」

（香典《こうでん》をねらってやってきた強盗《ごうとう》だな。）

キリさんは目だけを動かして状況《じょうきょう》を観察した。

（男はオレとマッキーだけ。犯人《はんにん》はオレから見てテーブルの向こうのマッキーと並《なら》んでいる。犯人《はんにん》にスキができればオレがテーブルを乗《の》り越《こ》えて包丁をたたき落とせる。）

「キリさん、どうするんだ？」と訴《うった》えかけるマッキーの視線《しせん》がキリさんとぶつかったとき。キリさんのメガネの奥《おく》の瞳《ひとみ》から、大粒《おおつぶ》の涙《なみだ》がポロポロこぼれ出した。

目出し帽《ぼう》の男はばかにしたように笑った。

「兄ちゃん、こわくて泣いてんのか？　だらしねぇな。」

マッキーは、キリさんが泣いたところなんて初めて見たからびっくりした。だが、だからこそ、それが特別な意味を持つサインだと気づくことができたのである。

Q　キリさんの涙《なみだ》はマッキーにある作戦を伝えるため。その作戦とは何か。

A 解説《かいせつ》

犯人《はんにん》がキリさんに注目したそのときがまさにチャンスだった。マッキーは「涙汁《なみだじる》」のお椀《わん》を持ち上げ、犯人《はんにん》の目にぶっかけたのだ。大量のトウガラシが入った汁《しる》が目にかかったのでたまったものではない。キリさんはテーブルを飛びこして犯人《はんにん》の手から包丁をたたき落とし、マッキーとふたりで取《と》り押《お》さえたのである。

涙汁《なみだじる》は、「こしょう汁《じる》」「泣汁《なきじる》」とも呼《よ》ばれる三重の郷《きょう》土《ど》料理。火葬《かそう》のあとにふるまわれるのが一般的《いっぱんてき》ともいわれる。トウガラシ入りの汁《しる》は目に入ったりするととても危険《きけん》なので、絶対《ぜったい》にふざけてマネしないこと！

マッキーが「どうしてすぐに涙《なみだ》を流せたのか。」と聞くと、キリさんは「一生で一番悲しかったことを思い出した。」と答えた。だが、それがなんだったのかは教えてもらえなかったそうである。

奈良県

もみじさんは存在《そんざい》しない

「写真の女性《じょせい》を調べましたが、この方は、『もみじ』という名前ではありませんでした。さらにアルバムの写真に写っている人すべてを調べましたが、やはり『もみじ』という名前の人はいませんでした。そういうあだ名で呼《よ》ばれていた方も。」

キリさんは、テーブルの上に置いた小型《こがた》のアルバムを依頼主《いらいぬし》の矢部《やべ》氏のほうにそっとすべらせた。

「そうですか……。」

矢部《やべ》氏はヤギのような白いあごひげをさわって、残念そうにため息をつく。

桐久廉太郎探偵事務所《きりひされんたろうたんていじむしょ》のウェブサイトに矢部《やべ》氏がアクセスしてきたのは1週間ほど前のこと。

依頼内容《いらいないよう》は矢部《やべ》氏が持参したアルバムの写真に「もみじ」という名前の人がいないかどうか調べ、いるならその消息を確《たし》かめてほしいというものだった。

喫茶店《きっさてん》のウェイターがキリさんと矢部《やべ》氏のコーヒーとマッキーのクリームソーダを

置いて去ったところで、キリさんは少し前に乗り出した。

「できれば、くわしい事情《じじょう》をお話しいただけませんか。お力になれるかもしれません。」

矢部《やべ》氏はコーヒーカップを手に、口を開く。

「じつは……このアルバムはわたしの大学時代の親友の堂上《どのうえ》のものなんです。」

矢部《やべ》氏と堂上《どのうえ》氏は大学4年のとき、同じ生物学の研究室で学んで仲よくなったという。

卒業後、堂上《どのうえ》氏は奈良県内の動物園に勤《つと》め、矢部《やべ》氏は地元の北海道にもどって生物学の研究者となった。

「その後はお互《たが》いいそがしくなって会うこともなく。手紙やメールのやりとりもだんだん途絶《とだ》えがちになりました。」

突然《とつぜん》、堂上《どのうえ》氏から「会いに来てほしい」とメールが届《とど》いたのは10日前。

「堂上《どのうえ》は病気で長く入院していたんです。もう75歳《さい》です。何かあってはとかけつけました。大学時代の思い出話に花を咲《さ》かせていたら、堂上《どのうえ》が『そのアルバムを取ってくれ。』と言って、ふたりで奈良公園に行ったときの写真を見せてくれた。ほら、この紅葉《こうよう》をバックに鹿と写っている写真です。『元気になったらまた行こうぜ。』と言ったら、彼《かれ》はニヤッとして『**奈良公園はしょっちゅう行っていたから別にいいよ。でも、死ぬ前にもう一度、もみじ……。**』と——そう言いかけて激《はげ》しくせきこんでしまった。わたしは急いで看護師《かんごし》さんを呼《よ》びました。そこで病室から追い出されたんですが、うっかりアルバムを持ってきてしまって。」

「それで、あなたはこう推理《すいり》したわけだ。堂上《どのうえ》さんはこのアルバムの中にいる『もみじ』という女性《じょせい》に『もう一度会いたい。』と言おうとした、と。」

キリさんが言うと、矢部《やべ》氏はうなずいた。

「奥《おく》さんにはそんなこと頼《たの》めないでしょう？　だから、わたしがもみじさんを見つけて会わせてやりたいと思ったんです。」

クリームソーダをすすっていたマッキーは、あっけらかんとした調子で口をはさんだ。

「『もみじ』は女性《じょせい》の名前じゃなくて、単純《たんじゅん》に木のもみじのことじゃないですかね？」

「それはないです。堂上《どのうえ》はそんな風流なヤツじゃない。『花より団子《だんご》』タイプです。奈良公園にしょっちゅう行っていたなら紅葉《こうよう》なんか見飽《みあ》きているでしょうし。あのとき堂上《どのうえ》はこのページを開いて、懐《なつ》かしそうに目を細めていた。だから、てっきりこの女性《じょせい》がもみじさんだと思ったんですが。」

キリさんはもう一度小型《こがた》アルバムを手に取る。

矢部《やべ》氏が開いたページに収《おさ》められた写真は4枚《まい》。すべてに「1970年11月3日奈良公園」と手書きのメモがついている。

そのうち2枚《まい》は、女性《じょせい》と堂上《どのうえ》氏のツーショット。

あとの2枚《まい》は、たくさんの鹿に囲《かこ》まれた堂上《どのうえ》氏と矢部《やべ》氏だ。

キリさんは、クスリと笑った。

「なるほど。もみじさんの正体がわかりましたよ。ぼくの推理《すいり》が当たっていれば……堂上《どのうえ》さんの願いをかなえてあげられそうですね。」

Q

キリさんは、堂上《どのうえ》氏が何を言おうとしたかわかったようだ。

堂上《どのうえ》氏の願いとは何か。

Memorial

A
解説《かいせつ》

堂上《どのうえ》氏は**「死ぬ前にもう一度、もみじを食べたい。」**と言おうとしたのだ。「もみじ」とは鹿肉のこと。このように肉に別の呼《よ》び名《な》がついている例ではほかに「ぼたん（猪《いのしし》）」「さくら（馬）」「かしわ（鶏《にわとり》）」がある。肉を食べることが禁《きん》じられていた江戸《えど》時代に、花や植物の名前に置《お》き換《か》えていた呼《よ》び名《な》が今も残っているのだ。現代《げんだい》では、鹿肉を食べるのは後ろめたいことではないが、堂《どの》上《うえ》氏は動物園に長く勤《つと》めていたこともあって「鹿の肉」より「もみじ」という言い方を好んだのである。

キリさんの推理《すいり》は大正解《だいせいかい》。矢部《やべ》氏が再《ふたた》び見舞《みま》いに訪《おとず》れ、鹿肉料理の店の案内を見せると堂上《どのうえ》氏は大喜《おおよろこ》び。ほどなく退院《たいいん》し、ふたりで仲よく鹿肉を食べに行ったという。

鹿肉が「もみじ」と呼《よ》ばれるようになったのは、花札の絵柄《えがら》に「鹿ともみじ」が描《か》かれているからという説が有力だ。

和歌山みかんの謎《なぞ》

「こりゃまた、ずいぶんすごいところに別荘《べっそう》を建てたもんだなぁ。」

ハンドルを握《にぎ》るマッキーは、慣《な》れない山道の運転で冷《ひ》や汗《あせ》をかいていた。道の両脇《りょうわき》は、山の斜面《しゃめん》を切り開いて作られたみかん畑。あたりはうす暗くなって、なおさら不安である。

今回の依頼者《いらいしゃ》である七野《しちの》氏は後部座席《ざせき》から顔を突《つ》き出《だ》した。

「矢車《やぐるま》さんのみかん畑は今通った近くですよ。あ、別荘《べっそう》はもうすぐです。」

七野《しちの》氏は赤い屋根の建物を指さした。キリさんの指示《しじ》で、マッキーは建物から50メートルほどはなれたところで車を停《と》める。別荘《べっそう》に侵入者《しんにゅうしゃ》が潜《ひそ》んでいる可能性《かのうせい》があるからだ。キリさんは別荘《べっそう》のまわりを慎重《しんちょう》に歩き回り、窓《まど》ガラスが一部きれいに切り取られているのを発見した。カーテンの向こうに人の気配は感じられない。

キリさんは車にもどり、七野《しちの》氏に告《つ》げた。

「やつらが別荘《べっそう》に入ったのはまちがいないですが、すでに撤退《てったい》したようです。お目当ての楽譜《がくふ》を見つけたかどうかはわかりませんがね……。」

七野《しちの》氏は、国際的《こくさいてき》な指揮者《しきしゃ》である矢車聡《やぐるまさとし》のマネージャーだ。矢車《やぐるま》氏は78歳《さい》だが、いまだに現役《げんえき》バリバリで、一年の半分以上は海外暮《かいがいぐ》らし。日本にいるときは東京の事務《じむ》所兼用《しょけんよう》のマンションか、和歌山県の別荘《べっそう》――通称《つうしょう》「みかん屋敷《やしき》」で過《す》ごす。

七野《しちの》氏のもとに、矢車《やぐるま》氏から電話がかかってきたのはきのうのことだった。

「七野《しちの》くん、たいへんだ。事務所《じむしょ》にどろぼうが入ったんだよ。今、警察《けいさつ》が来てる。」

矢車《やぐるま》氏は、七野《しちの》氏だけに話したいことがあったので、警察《けいさつ》の対応《たいおう》を事務員《じむいん》にまかせて事務所《じむしょ》をそっとぬけ出してきたという。

「部屋はめちゃくちゃに荒《あ》らされてたが、通帳や貴金属《ききんぞく》などは盗《ぬす》まれていなかった。つまり、〈怪力乱神《かいりきらんしん》〉がやってきたんだ。あれをねらって……。」

矢車《やぐるま》氏の言う「あれ」とは何か、七野《しちの》氏はすぐに理解《りかい》した。矢車《やぐるま》氏は、昨年海外のオークションでシューベルトの自筆の楽譜《がくふ》を競《せ》り落《お》とした。直後、矢車《やぐるま》氏のもとに「その楽譜《がくふ》を渡《わた》せ」というおどしめいた手紙が届《とど》いたのだ。無視《むし》したものの、手紙の差出人〈怪力乱神《かいりきらんしん》〉がただ者ではないとわかり、不安な気持ちをかかえていた。

矢車《やぐるま》氏は早口でしゃべった。

「隠《かく》し場所《ばしょ》を七野《しちの》くんだけに教えておく。あれは和歌山の、みか……。」

そこで電話は切れ、次に七野《しちの》氏に電話をかけてきたのは救急病院《きゅうきゅう》であった。

矢車《やぐるま》氏は路上で3人の男に襲《おそ》われたという。矢車《やぐるま》氏の悲鳴で、そばのビルの2階の住人が窓《まど》を開け「何をやってるんだ！」とどなると、暴漢《ぼうかん》たちは矢車《やぐるま》氏のカバンを奪《うば》い、車で逃走《とうそう》したらしい。

目撃者《もくげきしゃ》によれば、暴漢《ぼうかん》たちは矢車《やぐるま》氏を車に引きずりこもうとしていたそうだ。必死の抵抗《ていこう》で誘拐《ゆうかい》はまぬがれたが、矢車《やぐるま》氏はカバンと上着をひっぱがされた勢《いきお》いで倒《たお》れ、頭を強く打って意識《いしき》を失った。

病院にかけつけた七野《しちの》氏は、今自分がすべきことは何かを考えた。そして、矢車《やぐるま》氏が目を覚ますのをじっと待っているのではなく、矢車《やぐるま》氏が愛している大事な楽譜《がくふ》を守ろうと決意したのだ。彼《かれ》が次に目を開けたとき、喜《よろこ》んでもらえるように！

かくして七野《しちの》氏は有能《ゆうのう》なる名探偵《めいたんてい》、桐久廉太郎《きりひされんたろう》に連絡《れんらく》を取ったのである。

矢車《やぐるま》氏が言いかけた「和歌山の、みか……。」が、「みかん屋敷《やしき》」を示《しめ》しているとふんで、まっすぐここに来たわけだ。

「さて、どこをどう捜《さが》したもんかね……。」

キリさんはリビングルームを見渡《みわた》した。マンション同様、この屋敷《やしき》の中も引き出しという引き出しが開けっぱなし。犯人《はんにん》たちは矢車《やぐるま》氏の通話を盗《ぬす》み聞《ぎ》きしていて、「和歌山」「みか」というキーワードを頼《たよ》りにここを捜《さが》しまくったのだ。

「つーか、本当にこの屋敷《やしき》にあるのかね？」

マッキーが言うと、七野《しちの》氏がハッとしたように顔を上げる。

「もしかしたら矢車《やぐるま》さんはここではなく、自分のみかん畑に隠《かく》したのかも。」

キリさんは窓《まど》の外に目をやった。

「そうか。やつら、暗くなったらみかん畑を掘《ほ》り返《かえ》すつもりかもしれませんね。重要書類を厳重《げんじゅう》に包装《ほうそう》して土にうめた例は聞いたことがあります。」

七野《しちの》氏は腕組《うでぐ》みをした。

「でも、よく考えると矢車《やぐるま》さんが自分で畑を掘《ほ》り返《かえ》すとは思えません。彼《かれ》はあくまでオーナーで、畑仕事は人にまかせっきりですから。」

「なるほど。では、和歌山の『みか』が何を示《しめ》しているか、ほかの可能性《かのうせい》を考えてみましょう。たとえば親しい人に『美香《みか》さん』や『三上《みかみ》さん』はいませんか？」

キリさんの問いに、七野《しちの》氏は即答《そくとう》した。

「いませんね。30年以上のつきあいですから、彼《かれ》の交友関係はよく知ってますが。」

キリさんは足元の「やぐるまみかん園《えん》」と印刷された段《だん》ボール箱《ばこ》をのぞく。雑誌《ざっし》や新聞の切《き》り抜《ぬ》き、楽譜《がくふ》などがめちゃくちゃにつっこまれている。

これらの「みかん箱」も先客がひっかき回したあとなのだろう。

「木を隠《かく》すなら森、紙を隠《かく》すなら紙の中が基本《きほん》だよなぁ。それにしても貴重《きちょう》なものだし、段《だん》ボール箱《ばこ》なんかにつっこみやしないだろうなぁ。」

キリさんはつぶやくと、CDとレコードが詰《つ》まった棚《たな》の前に座《すわ》りこんだ。この部屋で床《ゆか》が散らかっていないのはそこだけだったのだ。マッキーは「みか、みか……三日月、未確認《みかくにん》飛行物体、未完の大器、未解決《みかいけつ》事件《じけん》、味方……。」と口に出しながらウロウロ歩き回っている。にわかにキリさんの片《かた》まゆがつり上がった。

「ふむ。犯人《はんにん》たちもぼくたちも『みかん』にとらわれすぎたようです。ヒントになるキーワードは最初からはっきりしてたのに!」

Q

楽譜《がくふ》の隠《かく》し場所《ばしょ》のヒントになるキーワードとは何か。

A
解説《かいせつ》

　キリさんがヒントになるキーワードと考えたのは「シューベルト」である。シューベルトの有名な作品に**「未《み》完成交響曲《かんせいこうきょうきょく》」**というのがある。これこそ、矢車《やぐるま》氏が言いかけた「みか」の正体だったのだ。キリさんの思ったとおり、棚《たな》に収《おさ》められた「未完成交響曲《みかんせいこうきょうきょく》」のレコードのジャケットの中にお宝《たから》は隠《かく》されていたのである。

　矢車《やぐるま》氏はこの数時間後に意識《いしき》を取りもどし、順調に回復《かいふく》したという。矢車《やぐるま》氏を襲撃《しゅうげき》したのはやはり〈怪力乱神《かいりきらんしん》〉のメンバーだった。彼《かれ》らはみかん屋敷《やしき》を捜《さが》した後に、矢車《やぐるま》氏のみかん畑をめちゃくちゃに掘《ほ》り返《かえ》したあげく、あきらめて帰っていったのである。

　温暖《おんだん》な気候の和歌山県はみかんをはじめとする柑橘《かんきつ》類《るい》、梅やキウイなど果樹栽培《かじゅさいばい》が盛《さか》ん。特に有名な有田《ありだ》のみかん畑はほとんどが山の傾斜地《けいしゃち》にあり、石を積んで階段状《かいだんじょう》にした「段々畑《だんだんばたけ》」が作られている。段々畑《だんだんばたけ》には日光が均等《きんとう》に当たる、水はけがよいなどのメリットがあるのだ。

大阪府

第三の揚《あ》げ物《もの》

「ここが有名な道頓堀《どうとんぼり》の商店街かぁ！　さーて何からいこうかな。お好み焼きにたこ焼きに……。」

にぎやかな道頓堀《どうとんぼり》の真ん中で、マッキーは目を輝《かがや》かせてあちこちの店先をのぞく。

「おまえは食うこととなるとマメだよな。」

「せっかく『食《く》い倒《だお》れ』の街に来たんだから今日はぶっ倒《たお》れるまで食ってやるぜ。」

「マッキー、食《く》い倒《だお》れってのは倒《たお》れるまで食うって意味じゃないぜ。『食べることにこだわってぜいたくしまくる』とか、まぁそんな感じだ。『**大阪の食《く》い倒《だお》れ、京の着《き》倒《だお》れ、江戸《えど》の飲《の》み倒《だお》れ**』なんて言うだろ。聞いたことないか？」

要は大阪の人は食べ物に、京都の人は衣服、東京の人はお酒にお金を費《つい》やすという意味である。

「キリさんはいちいち細かいなぁ。結局食いまくるって意味だからだいたい同じだろ？　あ、ここにしねぇ？」

マッキーは「串《くし》カツ三兄弟《さんきょうだい》」の看板《かんばん》を指さした。

串《くし》ざしのカツのイラストには顔がある。一番上が怒り顔《いかがお》、真ん中が困り顔《こまがお》、一番下はペロリと舌《した》を出したいたずらっ子の顔だ。

ガラリと戸を開けると、カウンターの向こうには調理服の男が3人。

看板《かんばん》の絵にそっくりだ。

「いらっしゃい。」

串《くし》カツを揚《あ》げながら低い声で言ったのが店主だろう。

調理服の胸《むね》には「松林一郎《まつばやしいちろう》」とししゅうが入っている。

「2名さん、こちらにどうぞ。」

ボウルをかたわらに置き、カウンターにサッと水とおしぼりを出したのが、八の字まゆげの二郎《じろう》さん。

「元祖《がんそ》大阪串《くし》カツセットがお得《とく》だよ。」と言って、すくい網《あみ》の柄《え》を鍋《なべ》のフチでカンカン鳴らしたのが三郎《さぶろう》さんだ。

「じゃあそのセットをふたつ。それから……。」

しかし、マッキーの言葉は、一郎《いちろう》さんの割《わ》れ鐘《がね》のようなどなり声にかき消された。

「三郎《さぶろう》、何度言ったらわかるんだ！　包丁を水につけっぱなしにするな！」

一郎《いちろう》さんの剣幕《けんまく》にマッキーはもちろん、キリさんも顔をひきつらせた。

一郎《いちろう》さんは水がしたたる包丁の刃先《はさき》を三郎《さぶろう》さんに向けている。危《あぶ》なっかしい光景だが、ほかの客たちが涼《すず》しい顔をしているところを見ると、こんなのは日常茶飯事《にちじょうさはんじ》なのだろう。

「ごめんって。ていうかさ、そっちこそ何度も言うけど店でデカい声出さんといてや。飯がまずくなるやん。なぁ、そやろ？」

三郎《さぶろう》さんが愛嬌《あいきょう》たっぷりに言うと店の空気がやわらいだ。

常連《じょうれん》らしいおじさんが「そうそう、あんまりきつく怒《おこ》らんでやって。」と言えば、となりの老婦人《ろうふじん》も「兄弟仲よく。親父《おやじ》さんの遺言《ゆいごん》を守らんとなぁ。」とうなずく。

一郎《いちろう》さんはおもしろくなさそうだ。

「この店を残してくれた親父《おやじ》が愛用してた包丁だから大切にしろって言ってんだよ。」

三郎《さぶろう》さんは包丁を受け取ってふきんでぬぐったが、またよけいなことを言う。

「でもさぁ、この包丁だいぶボロいし。捨《す》てちゃって買《か》い替《か》えたらよくね？」

ブチッ！

「キリさん、今の何？　怒《いか》りで血管が切れた音？」

キリさんはあわててマッキーの口を押《お》さえる。

それは一郎《いちろう》さんが大きなエビをぶっちぎった音だったのだ。

一郎《いちろう》さんはまっぷたつのエビを持ったままゾッとするような冷たい声で言った。

「三郎《さぶろう》。おまえはクビだ。出ていけ。」

「兄さん、ちょっと待って。三郎《さぶろう》もあやまれよ。」

二郎《じろう》さんはあたふた。三郎《さぶろう》さんは平気な顔だ。

「へいへい、わかりましたよ。こちらのお客さんのセットを揚《あ》げたら出ていくわ。」

「いい。オレがやる。お客さん方、内輪のもめごとを見せちゃってすいませんね。」

一郎《いちろう》さんは客たちにペコリと頭を下げ、手際《てぎわ》よく串《くし》カツを揚《あ》げ始《はじ》めた。

しかし、三郎《さぶろう》さんの前の揚《あ》げ鍋《なべ》もシュワッと心地《ここち》よい音を立てている。

「三郎《さぶろう》、オレがやるって言っただろうが。」

「これはオレの昼飯だよ。できたらとっとと出ていくって。今から住むとこと仕事を探《さが》さなきゃならんから栄養つけんとな。特大串揚《くしあ》げ作ったろ！」

三郎《さぶろう》さんは衣《ころも》をつけたいろんな食材をヤケクソのように油の中にぶちまけている。

店内はシーンとしずまり、ふたつの鍋《なべ》からシュワシュワ音が聞こえるばかり。

お客たちはそそくさと席を立ち、二郎《じろう》さんに会計をしてもらって店を出ていく。

残ったお客はキリさんたちだけだ。

三郎《さぶろう》さんは調理場の後片《あとかた》づけをすませ、調理服をぬいで壁《かべ》のフックに引っかけた。

そして、巨大《きょだい》な揚《あ》げ物《もの》のかたまりが飛び出した透明《とうめい》パックをつかんで戸口に向かう。

「三郎《さぶろう》、本当に出ていくのか。どうするんだよ？」

二郎《じろう》さんは心配そうに弟の肩《かた》に手をかけた。

「とりあえず友達の家に転がりこむわ。荷物は引っこし先が決まったら取りに来る。」

戸を開けた三郎《さぶろう》さんは足元を見やり、小さく飛び上がった。

足の間を黒っぽい何かが通過《つうか》する。

「うわっ、ネズミだぁ！」

太ったネズミが3匹《びき》キッチンに走りこんできて、一郎《いちろう》さんと二郎《じろう》さんは「ギャッ」と飛びのいた。

「ははは、ザマアミロだ！」

三郎《さぶろう》さんはゲラゲラ笑いながら去っていく。

一郎《いちろう》さんはモップでネズミを追い回す。二郎《じろう》さんもほうきを取ってかけ回り、キリさんとマッキーは食べかけの串《くし》を持って椅子《いす》の上に避難《ひなん》する。

調理道具やら食器やらが床《ゆか》に落ち、ガラガラガッシャンと激《はげ》しい音を鳴らす。ネズミを追い出したころには店はめちゃくちゃなありさまになっていた。

キリさんたちがようやく食事を終え、退散《たいさん》しようとしたとき、一郎《いちろう》さんがけわしい声を出した。

「おい、二郎《じろう》。親父《おやじ》の包丁はどこにやった？」

「え？　ぼくは片《かた》づけてないけど？」

一郎《いちろう》さんはカッと目を見開いた。

「ははぁ、そうか。おまえは三郎《さぶろう》の味方か。どこに隠《かく》した？　三郎《さぶろう》とグルでオレをばかにしてんのか？」

二郎《じろう》さんの顔がサッと赤くなる。

「言いがかりだよ。そんなに兄弟が信用できないならひとりで店やれば？」

二郎《じろう》さんが調理服を投《な》げ捨《す》て、店から出ていくのをキリさんたちはぼうぜんと見つめていた。

「まさに『**ネズミが塩を引く**』とはこのことだぁ。」

「こら、マッキー。シャレにならないぞ！」

「ネズミが塩を引く」とは、「小さなことが積もり積もって大事になる」とか、「たくさんあったものがいつの間にかなくなってしまう」たとえだ。

それからキリさんは一郎《いちろう》さんに向き直った。

「ネズミが包丁をくわえていったのかもしれませんね。ネズミはするどい前歯が伸《の》びすぎるのを防《ふせ》ぐために固いものをかじるというし。」

「まさか。金属《きんぞく》なんてかじらないでしょう？」

しかし、一郎《いちろう》さんはすぐに言い直したのである。

「うむ……ネズミのしわざか。そうかもな。」

Q

キリさんはなぜこんなことを言ったのだろうか。そして包丁の行方《ゆくえ》は？

A
解《かい》説《せつ》

　がんじょうな歯を持つネズミも金属《きんぞく》はかじらない。なのに、キリさんがあえてこう言ったのは、**「犯人《はんにん》はネズミということにして、三郎《さぶろう》さんと仲直りしては？」**と提《てい》案《あん》するため。一郎《いちろう》さんはこの意図に気づいて「ネズミのしわざか。」と言ったのだ。

　包丁を持ち出したのは三郎《さぶろう》さんだ。三郎《さぶろう》さんは、一郎《いちろう》さんへの不満からいたずら心を起こし、包丁に衣《ころも》をつけて揚《あ》げてしまった。透明《とうめい》パックから飛び出すほどの特大の揚《あ》げ物《もの》の具はまさかの包丁だったのである。

　一郎《いちろう》さんは、二郎《じろう》さんと三郎《さぶろう》さんと和解《わかい》し「串《くし》カツ三《さん》兄弟《きょうだい》」はめでたく存続《そんぞく》することになったという。

京都府

テーマパークは遠すぎる

「有名な探偵《たんてい》さんに見張《みは》り番《ばん》なんか頼《たの》むのは申《もう》し訳《わけ》ないですね。」
中津《なかつ》先生は恐縮《きょうしゅく》しきって頭を下げた。ホテルのロビーにはジャージ姿《すがた》の高校生たちが集まって遠巻《とおま》きにキリさんたちを見ている。マッキーがおどけた顔をしてみせると女の子たちがキャッキャと笑いころげた。

ひとりの女の子がキリさんたちに使い切りカメラを向けてパシャッと撮《と》ったのに気づいて、キリさんは興味深《きょうみぶか》げに言う。

「フィルムの使い切りカメラって、アナログブームで流行《はや》ってるみたいですね。」

「ああ、吉野《よしの》さんか……。あの子からは朝イチでスマホを没収《ぼっしゅう》したんで、とちゅうで買ったそうですよ。大事な話をしているときにスマホを見てたんでね。」

中津《なかつ》先生は東京から修学旅行《しゅうがくりょこう》に来ている高校の先生だ。先生たちはホテルに帰っても気が休まることはない。夜中にホテルをぬけ出そうとする生徒がいるので、手分けして各フロアやロビーで見張《みは》りをするのである。

ところが、ただでさえ人数がギリギリなのに、若《わか》い先生が熱を出して寝《ね》こんでしまった。欠員をうめようと、中津《なかつ》先生は京都の便利屋さんに連絡《れんらく》をとり、キリさんはその便利屋さんから依頼《いらい》を受けてきたのである。

「いやいや、張《は》りこみは探偵《たんてい》の得意《とくい》科目ですからね。おまかせください。」

キリさんが胸《むね》を張《は》ると、中津《なかつ》先生のそばに女子高生たちがわらわら寄《よ》ってきた。

「ねえねえこの人、中津《なかつ》先生のお友達？」

中津《なかつ》先生は生徒たちをしっしっと追《お》っ払《ぱら》う。

「いいから部屋にもどっておとなしくしてなさい。そうだ、吉野《よしの》さんにはくわしく話を聞かなきゃいけなかったな。あとで呼《よ》びに行くから部屋で待っってて。」

「うそぉ！　あたし、まだ疑《うたが》われてるの？」

吉野《よしの》さんと呼《よ》ばれた女の子はぷくっとほおをふくらますと、友達と腕《うで》を組んで、ずんずん去っていった。

「何かあったんですか？」

キリさんがたずねると、中津《なかつ》先生は大きくため息をつく。

「ちょっとモヤモヤすることがありましてね。」

キリさんはキラッと目を輝《かがや》かせた。

「よかったらお話をうかがいましょうか？　あ、別料金なんかいただきませんよ。ぼくは謎《なぞ》が大好物なんで。」


「吉野《よしの》さんは柳聖太郎《やなぎせいたろう》っていう時代劇《じだいげき》の役者さんに夢中《むちゅう》でして。その方、京都の『大《おお》江戸《えど》サムライ村《むら》』っていう時代劇《じだいげき》のテーマパークに所属《しょぞく》しているんです。ずっと前から『修学旅行《しゅうがくりょこう》のとき、絶対《ぜったい》会いに行く。』ってさわいでました。でも、団体《だんたい》での見学コースには入ってないし、班《はん》ごとの自由行動日は奈良に行くことに決まってるし。」

吉野《よしの》さんは「なんとかなりませんか？」と言ってきたが、個人《こじん》行動は無理だとわかると意外とあっさり引き下がったという。

「で、今日は京都の寺社を中心に見学してきたんです。**清水寺《きよみずでら》、銀閣寺《ぎんかくじ》、下鴨神社《しもがもじんじゃ》、金閣寺《きんかくじ》、二条城《にじょうじょう》、東寺《とうじ》……それから平等院《びょうどういん》。**」

「懐《なつ》かしいな。ぼくも中学のときの修学旅行《しゅうがくりょこう》は京都・奈良でしたよ。」

キリさんが言えば、マッキーも続ける。

「そうそう、ぼくも。でも、寺や神社なんてさっぱり興味《きょうみ》なくって……夜中にプロレスごっこしたら友達が腕《うで》の骨折《ほねお》っちゃって、怒《おこ》られたことしか覚えてないなぁ。」

「はぁ……先生のご苦労がしのばれますねぇ。」

中津《なかつ》先生があきれ顔になったので、マッキーは「すいません。」と頭を下げた。

あやまる相手がちがう気もするが、いつの時代にもいる迷惑《めいわく》な男子を代表して教師《きょうし》代表に謝罪《しゃざい》したかっこうだ。

「生徒たちは旅先で浮《う》かれまくってるから、ホントに大変なんですよ。今日も男子グループが他校のグループとけんかしたりして。なかなか全員に目が行《ゆ》き届《とど》きません。それに、見学中に吉野《よしの》さんがぬけ出すかもとまでは考えてなかったんですよね。」

「移動《いどう》するとき、ちょくちょく点呼《てんこ》しますよね？」

キリさんが聞くと、中津《なかつ》先生はちょっと顔をくもらせた。

「ええ。でも、点呼《てんこ》はクラス委員長にまかせていたんです。女子の委員長の速水《はやみ》さんは、吉野《よしの》さんの親友でして……。」

「つまり、速水《はやみ》さんがごまかしていた可能性《かのうせい》もなくはないと？」

「はい。吉野《よしの》さんをしばらく見かけてないと気づいたのは、最後の見学場所の平等院《びょうどういん》を出たときでした。吉野《よしの》さんにスマホを返そうと思ったけど見当たらない。速水《はやみ》さんを見つけて『吉野《よしの》さんは？』と聞くと『トイレに行ってます。』って言う。教師《きょうし》のカンで、何かにおう気がしましてね……。」

「ですよね。トイレだけに……。」

マッキーのセリフを読んでいたキリさんは、マッキーの頭をパシッとひっぱたく。

「すみません。口の減《へ》らない男で。それで吉野《よしの》さんは？」

「しばらくすると速水《はやみ》さんのところに走ってきました。それが、最寄《もよ》りの宇治駅《うじえき》のほうから走ってきたように見えたんです。『今まで個人《こじん》行動をしてたんじゃないだろうね？』と聞いたら『ぬけ出したりなんかしてない。』と言って、その証拠《しょうこ》を出してきた。」

「証拠《しょうこ》？　どんな？」

「**平等院鳳凰堂《びょうどういんほうおうどう》のスケッチです**。彼女《かのじょ》の『記録ノート』を昨晩《さくばん》見たときにはそのスケッチはありませんでしたから、今日描《か》いたことは確《たし》かです。」

「スマホで検索《けんさく》すれば写真なんていくらでも出てくるから、電車やバスの中で描《か》くことはできるけど、吉野《よしの》さんはスマホは持ってなかったんでしたね？　ガイドブックとか参考資料《しりょう》になりそうなものは？」

「持っていませんでしたね。バッグの中は記録ノートと筆記具、交通系《こうつうけい》ICカード、おさいふと使い切りカメラだけ。所持金は１００円玉と10円玉がパラパラという程度《ていど》。見学先でもらう寺社のパンフレットも入っていなかったんで、ますますあやしいと思いましたが。」

「**おそらく先生の想像《そうぞう》どおりでしょうね。吉野《よしの》さんは団体《だんたい》行動をぬけ出して『大江戸《おおえど》サムライ村《むら》』に行った。**彼女《かのじょ》の使い切りカメラにはきっと推《お》しの俳優《はいゆう》さんがいっぱい写ってるでしょう。」

中津《なかつ》先生は不満そうな顔をした。疑《うたが》う一方、本当は吉野《よしの》さんがシロであってほしいと思っているようだ。

「どうしてそう言いきれるんですか？」

キリさんは自信ありげに胸《むね》を張《は》った。

「**彼女《かのじょ》は清水寺《きよみずでら》でも、銀閣寺《ぎんかくじ》でも、二条城《にじょうじょう》でもなく、平等院鳳凰堂《びょうどういんほうおうどう》を描《か》いた。**それがヒントですよ。」

Q

なぜ「平等院鳳凰堂《びょうどういんほうおうどう》のスケッチ」が決め手になったのだろうか。

A

解《かい》説《せつ》

吉野《よしの》さんは、ぬけ出したことがバレた場合に備《そな》えて「見学場所のスケッチ」を描《か》いておこうと考えた。本当は移動中《いどうちゅう》にスマホで検索《けんさく》して描《か》くつもりだったが、没収《ぼっしゅう》されてしまったので方法がない。しかし、手元にひとつだけ参考資料《しりょう》があることに気づいた。おさいふの中の10円玉には、平等院鳳凰堂《びょうどういんほうおうどう》が描《えが》かれている。キリさんは、「平等院鳳凰堂《びょうどういんほうおうどう》を描《か》いた」というより**「平等院鳳凰《びょうどういんほうおう》堂《どう》だけは描《か》くことができた」**と推理《すいり》したのである。

真相を確《たし》かめるにあたり、先生はキリさんのアドバイスにしたがって吉野《よしの》さんにこう話した。

「さっきロビーで、ぼくが話していた男の人たちの写真を勝手に撮《と》ったよね？　彼《かれ》らが『プライバシーの侵害《しんがい》なので、現像《げんぞう》したら自分たちの写っているフィルムを引《ひ》き渡《わた》してほしい。』と言ってるんだ。」

吉野《よしの》さんの使い切りカメラには、個人《こじん》行動をした証拠《しょうこ》がバッチリ写っている。それで、吉野《よしの》さんは先生にすべて白状《はくじょう》したのである。

兵庫県

ゴルフ場の怪《かい》事《じ》件《けん》

キリさんとマッキーはぶあつい神戸牛《こうべぎゅう》のステーキに目をみはり、つばをのんだ。

「こりゃ豪勢《ごうせい》だ。ゴルフ場のレストランなんてあんまり期待してなかったのに。」

「マッキー、失礼だろ。」

キリさんがマッキーにささやいたが、山森《やまもり》氏は微笑《ほほえ》んでいる。

「わたくしどものゴルフ場は高級志向《しこう》です。広々としたグリーンでプレーをしたあと、このクラブハウスでゆっくりお食事や入浴も楽しんでいただけます。」

「なるほど。最初に見たとき、高級リゾートのホテルかと思いましたからね。」

キリさんがほめると、山森《やまもり》氏は顔をほころばせて小さく頭を下げた。

「兵庫県はゴルフ場が多いので個性《こせい》を出さなくてはね。**日本で最初にゴルフ場ができたのは兵庫県なんですよ。**料理が冷めないうちに召《め》し上《あ》がってください。」

キリさんとマッキーがいささか不似合《ふにあ》いな場所に招《まね》かれたのにはわけがある。ついさっき、駐車場《ちゅうしゃじょう》で山森《やまもり》氏の車が車上荒《しゃじょうあ》らしにあいそうになったところを見かけ、ふたりがかりでどろぼうをつかまえたのである。

山森《やまもり》氏が「お礼をしたい。」と言い出したとき――千葉での一件《いっけん》があったから、ふたりがすばやく山森《やまもり》氏の情報《じょうほう》を調べたのは言うまでもない。

結果、山森《やまもり》氏はこの名門ゴルフ場の3代目社長とわかり、招《まね》きに応《おう》じることにした。

「しかし、オレたちのほかに客がいないなんて。ここの経営《けいえい》だいじょうぶかねぇ？」

マッキーはさっきまでステーキがのっていた皿を名残惜《なごりお》しそうにながめて言った。

「表に『三浦様《みうら》　貸し切り《かき》』って札が下がってたの、気づかなかったのか？　っていうかマッキー、言葉に気をつけろよな。」

キリさんがマッキーに注意したところへ、ちょうど山森《やまもり》社長がもどってきた。

「料理はお口に合いましたか？　コーヒーをお持ちしましたよ。」

「ごちそうさまでした。こんなにおいしいステーキを食べたのは初めてですよ！」

山森《やまもり》社長は優雅《ゆうが》な手つきで銀のポットからカップにコーヒーを注ぐ。

「よかった。うちのコースをご案内したいところですが、今日は貸し切り《かき》でね。ちょっと難《むずか》しい常連《じょうれん》さんなので、見学をしていただくわけにもいきませんで。」

「難《むずか》しいといいますと？」

キリさんの目がメガネの奥《おく》でキラリと光る。こんな言い方をされて、探偵《たんてい》の好奇心《こうきしん》が刺激《しげき》されないわけがない。

「プレーを他人に見られるのをきらうんですよ。キャディ（ゴルフ場でプレーをサポートする人）もつけませんしね。三浦《みうら》さんは負けずぎらいで。ここだけの話、ときどきズルするらしくて。……おや、東《あずま》さん、どうしました？」

山森《やまもり》社長とキリさん、マッキーの視線《しせん》はいきなり飛びこんできたゴルフウェアの男に集中した。その男は真っ青な顔でどなった。

「社長、たいへんです！　三浦《みうら》さんが……！」

三浦《みうら》氏は美しい芝生《しばふ》の上に横向きに倒《たお》れていた。がっちりした胸《むね》に、折れたゴルフクラブが突《つ》き刺《さ》さっている。キリさんが脈《みゃく》をとって確《たし》かめると、息絶《いきた》えていた。

「マッキー、すぐに救急車《きゅうきゅうしゃ》を呼《よ》んでくれ。」

間もなく救急車《きゅうきゅうしゃ》が到着《とうちゃく》したが、キリさんの見立てどおり、三浦《みうら》氏はこと切れていた。

「信じられない。だれがこんなことを……。」

東《あずま》氏はぼうぜんとつぶやいた。いっしょにゴルフをしていた東《あずま》氏と野崎《のざき》氏はベンチに力なく腰《こし》かけて、さっきまで三浦《みうら》氏が横たわっていた芝生《しばふ》を見つめている。

到着《とうちゃく》した警察官《けいさつかん》が現場《げんば》の状況《じょうきょう》をたずねると、東《あずま》氏が口火を切った。

「ぼくたちは、三浦《みうら》さんがあの林に打ちこんだボールを捜《さが》しに行ってたんです。10分くらいで見つけたけど、三浦《みうら》さんがやってこない。で、もどったらあのとおりで。」

「被害者《ひがいしゃ》はあなたたちを先に行かせたんですか？」

野崎《のざき》氏は、東《あずま》氏とちょっと目を合わせ、うつむきかげんで話し始める。

「インチキするためです。ぼくらがボールを見つけても、打ちにくい場所だと『オレのボールじゃない。』と言う。で、はなれたところに新しいボールを落として『あ、これがオレのだ。』って。あの人はいつもこの手を使いました。でも、三浦《みうら》さんは重要なお得意様《とくいさま》なので……。」

なんでも三浦《みうら》氏はやっかいな暴君《ぼうくん》だという。

「インチキしてもうまくいかないときは物に当たり散らしたり。ぼくがリードしたとき、思いっきりけられたこともあります。ボールをこっそり池に落とされたり。」

「じつは今日、林に打ちこむ前も2回も打ち直したんです。『打つ瞬間《しゅんかん》に風でボールが揺《ゆ》れた。』とかあり得《え》ない言《い》い訳《わけ》をして。」

語りだすと止まらない東《あずま》氏と野崎《のざき》氏を、警察官《けいさつかん》は意味ありげにながめた。

「なるほど。日ごろから不満がたまっていたわけですね。」

その言葉に、東《あずま》氏と野崎《のざき》氏はハッとした。

「えっ、まさかぼくらを疑《うたが》ってるんですか？」

「殺《ころ》すわけないでしょ。ぼくらにとって三浦《みうら》さんは大事な顧客《こきゃく》ですから。そうだ、三《み》浦《うら》さんがひとりになったときに近寄《ちかよ》れた人はほかにもいるじゃないですか？」

山森《やまもり》社長はスタッフといっしょにいたのでアリバイが証明《しょうめい》されたが、キリさんとマッキーはふたりだけで食事をしていた。それは三浦《みうら》氏が死亡《しぼう》した時間と一致《いっち》する。

「ぼくらはたまたま社長に招《まね》かれてきただけで、被害者《ひがいしゃ》とは面識《めんしき》もないんですよ。」

マッキーがあわてて言ったが、東《あずま》氏は目を光らせて迫《せま》った。

「あんたたち探偵《たんてい》とかいってるけど……じつは殺人《さつじん》を依頼《いらい》されたんじゃないか？」

ここでキリさんは初めて口を開いた。

「あなたは想像力のある人だが、正答には思《おも》い至《いた》らなかったようですね。さて、**説明しますのでふたりとも立っていただけますか？**」

Q なぜキリさんは東《あずま》氏と野崎《のざき》氏をベンチから立たせたのか。

A 解《かい》説《せつ》

三浦《みうら》氏に近づくことができたのは、キリさんとマッキー以外には東《あずま》氏と野崎《のざき》氏しかいない。ふたりは三浦《みうら》氏に腹《はら》を立てることがたびたびあったが、仕事上の顧客《こきゃく》である彼《かれ》を殺《ころ》すのは得《とく》にならない。

そこで、キリさんが導《みちび》き出《だ》した解答《かいとう》は「事故死《じこし》」だ。三浦《みうら》氏は負けずぎらいな性格《せいかく》。2回もズルをしたのに林に打ちこんだので、東《あずま》氏と野崎《のざき》氏にボールを捜《さが》しに行かせたあと、怒《いか》りにまかせてゴルフクラブをベンチにたたきつけた。するとクラブが折れ、運悪く胸《むね》に突《つ》き刺《さ》さったのである。キリさんがふたりをベンチから立たせたのは、ベンチのキズを確《たし》かめるためだった。

じつは、これと同様の事故《じこ》は海外で実際《じっさい》に起こっている。ちょっとした八つ当たりが思わぬ結果を招《まね》くこともあるのだ。くわばらくわばら！

岡山県

逃《とう》走《そう》当時の服《ふく》装《そう》は

「ふーん、これがきび団子《だんご》かぁ。」

キリさんとマッキーはそろって、きなこがまぶしてある団子《だんご》に手をのばした。

岡山県内に入り、車を走らせていると**「名物　きび団子《だんご》」**というのぼりがやたら目に飛びこんでくる。「そもそも『桃太郎《ももたろう》』に出てくるきび団子《だんご》とはいったいどんなものなのか。」「いっちょ食べてみよう。」となったわけだ。

「うん、素朴《そぼく》でうまいね。」

団子《だんご》を口に運んでいると、となりに腰《こし》かけていた老婦人《ろうふじん》が話しかけてきた。

「昔ながらの味を大事にしているの。ここを選ぶなんてお目が高いわ。」

「え、ええ。まぁ……。」

キリさんはお茶をすすってごまかした。実際《じっさい》は車を停《と》めて、座《すわ》れそうな店を探《さが》して歩いてきたら、たまたま商店街のはずれのここにたどり着いただけのこと。

だが、店の前の路上の縁台《えんだい》に腰《こし》かけてお茶と団子《だんご》をいただくのは、なかなか風情《ふぜい》がある。キリさんが青い空を見上げると、マッキーの激《はげ》しいせきが静寂《せいじゃく》を破《やぶ》った。

「ゲホッゴホゴホゴホッ！　ゴホゴホッ……きなこがのどに……。」

「あらあら。お茶のおかわりを頼《たの》んでくるわ。」

老婦人《ろうふじん》は、親切にこう言って立ち上がりかけた。

このとき、マッキーは口をおおって下を向き、キリさんはマッキーにハンカチを貸《か》そうと、うつむいてポケットに手を入れていた。

だからふたりとも、不意に現《あらわ》れた男が、縁台《えんだい》に置いてあった老婦人《ろうふじん》のハンドバッグを持って走り去ったとき――その犯人《はんにん》の顔を見ていなかったのである。

「どろぼう！」

キリさんはすぐに追いかけようとしたが、男がけり倒《たお》していった縁台《えんだい》につまずき、少しスタートがおくれた。マッキーもせきこみながらあとに続く。しかし逃《に》げ足《あし》の速いこと。瞬《また》く間《ま》にそいつの背中《せなか》は小さくなったが、幸いこの道は見通しがいい。

「絶対《ぜったい》つかまえるぞ！　目をはなすな！」

どろぼうを追ってふたりが行き着いたのは小さな公園だ。

「あいつはこの公園に潜《ひそ》んでるはずだ。」

キリさんは肩《かた》で息をしてマッキーにささやいた。犯人《はんにん》の体型《たいけい》は中肉中背《ちゅうぜい》。黒いキャップ、黒いTシャツに濃《こ》いインディゴのジーンズ。遠目に確認《かくにん》できた手がかりはこの程度《ていど》だ。犯人《はんにん》はどこに潜《ひそ》んでいるのか？　ふたりは公園を見回した。

「あ！」

「どうした、マッキー？」

「ちょっとトイレ。もれそうなんだわ。」

「おまえ、ホントに間が悪いなぁ。」

マッキーがトイレにかけこもうとすると、男が入れちがいに出てきてぶつかりそうになった。彼《かれ》が黒いTシャツを着ていたのでマッキーは一瞬《いっしゅん》ハッとしたが、下はサイドにジャージ風のラインが入った白っぽいズボンだ。

しかし、キリさんはさけんだ。

「マッキー、そいつをつかまえろ！」

Q　キリさんは、なぜこの男がどろぼうだと思ったのだろうか。

A

解《かい》説《せつ》

キリさんは、この男がトイレでジーンズを裏返《うらがえ》しにはきかえたのを見ぬいたのだ。ジーンズのデニム生地《きじ》は、濃《こ》い藍色《あいいろ》の糸をタテ糸に、白糸をヨコ糸にして織《お》る。表側にはタテ糸が、裏側《うらがわ》にはヨコ糸が多く現《あらわ》れるので、ジーンズを裏返《うらがえ》すと白っぽく見えるのだ。サイドのラインに見えたのは、縫《ぬ》い代《しろ》の部分である。マッキーに取《と》り押《お》さえられると、男は白状《はくじょう》した。老婦人《ろうふじん》のハンドバッグとお金をぬかれたさいふ、黒いキャップはトイレに残されていた。男は逮捕《たいほ》され、お金は老婦人《ろうふじん》のもとに無事もどった。ちなみに岡山県は国産ジーンズ発祥《はっしょう》の地である。

きび団子《だんご》は、ぎゅうひ（もち米、砂糖《さとう》、水あめを合わせて作る）にキビを加えた団子《だんご》。きなこをまぶしたり、あん入りのものもあれば、キビを使わないものもある。「それじゃきび団子《だんご》じゃない。」と言われそうだが、**「きび団子《だんご》」は「吉備団子《きびだんご》」と表記することも**。吉備《きび》は、岡山県全域《ぜんいき》と広島県東部を指す昔の地名。江戸《えど》時代に吉《き》備津神社《びつじんじゃ》でお供《そな》え物《もの》として誕生《たんじょう》したといわれる。

鳥取県

うまい告白《こくはく》、しゃれた告白《こくはく》

人気の名所とはいえ、平日、しかも早朝とあって**鳥取砂丘**《とっとりさきゅう》はひっそりとしていた。広大な砂丘《さきゅう》の上《うえ》には、うねのような模様《もよう》が描《えが》き出《だ》されている。どこか別の星に降《お》り立《た》ったような、なんとも神秘的《しんぴてき》な光景だ。

「これ、写真で見たことがある。『**風紋**《ふうもん》』っていうんだよな。」

風紋《ふうもん》は「砂《すな》のさざ波」なんていう詩的な呼《よ》び方《かた》をされることもある。砂《すな》がよくかわいていて、ちょうどいいくらいの風が発生したときにできる模様《もよう》なのだ。

砂丘《さきゅう》は毎日表情《ひょうじょう》を変える。明日は——いや、数時間もすれば、また別の模様《もよう》が描《えが》かれているかもしれない。

「ラクダでも歩いてそうだよなぁ。」と、マッキーはあたりをキョロキョロ見回す。

「あ……言っとくと、ここは『砂丘《さきゅう》』で『砂漠《さばく》』じゃないからな。」

「へ？　どうちがうんだ？」

「地面が砂《すな》におおわれてるのはいっしょだけど。砂丘《さきゅう》は、風で砂《すな》が運ばれてきて積もった土地だ。鳥取砂丘《とっとりさきゅう》は、日本海の砂浜《すなはま》の砂《すな》が風で運ばれてきてできてる。この下を掘《ほ》れば土が出てくる。雑草《ざっそう》とか花も生えてくる。ふつうに雨も降《ふ》るしな。」

「そうか。砂漠《さばく》って、ほとんど雨が降《ふ》らない地域《ちいき》なんだな。」

マッキーは納得《なっとく》したようだ。

「しかし、あれはひどいよなぁ。」

キリさんは、遠くを見やって顔をしかめた。

鳥取砂丘《とっとりさきゅう》の真ん中には、高さ50メートル近い丘《おか》がそびえている。通称《つうしょう》「馬の背《せ》」と呼《よ》ばれていて、これをてっぺんまで登れば日本海が一望できる、人気スポットだ。

しかし、なんとその馬の背《せ》の広い斜面《しゃめん》に、「アリナLOVE　BYタイヨウ」というでっかい字がおどっているのだ。

「キリさん、あれ、タイヨウくんがでっかい棒《ぼう》か何かを持ってきて書いたのかな？」

「だろうな。昔のヒット曲に『砂《すな》に書いたラブレター』っていうのがあるけど。」

丘《おか》のサイズと比較《ひかく》して見るに、横30メートルくらいはある特大落書きだ。

そこへ20歳《さい》くらいの男子の集団《しゅうだん》が来た。そしてひとりが得意《とくい》げにしゃべりだした。

「どうよ、あれがオレのアリナへの愛の証《あかし》だぜ。」

まわりの仲間たちは大喜《おおよろこ》びで写真を撮《と》り、はやしたてる。

「タイヨウ、やるじゃん。男を見せたよな。」

「こんな告白《こくはく》されたら、アリナも感激《かんげき》するに決まってるよ。」

「タイヨウ、早くアリナに電話しろよ。それか、今から動画配信する?」

「いや、やっぱアリナをここに呼《よ》んで実物見てもらうのがよくね?」

キリさんとマッキーは、大はしゃぎの男子たちを冷ややかな目で見つめた。

「アリナさんとやらがかわいそうだからひとこと言ってやるか。」

キリさんは、タイヨウくんのほうに歩いていき、彼《かれ》が電話しようとしているのをさえぎった。

「話が聞こえちゃったから忠告《ちゅうこく》するよ。きみがアリナさんのことを本当に好きなら、あれをすぐに消したほうがいい。」

Q

キリさんはなぜそんなことを言ったのだろうか。

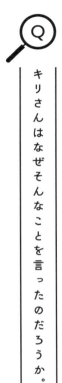

A

解《かい》説《せつ》

県の条例《じょうれい》では、この砂丘《さきゅう》の地面に「面積が10平方メートルを超《こ》える落書き」をすることを禁止《きんし》している。違《い》反《はん》すると5万円以下の罰金《ばっきん》を科される。せっかくの美しい景観を台なしにする迷惑《めいわく》な行為《こうい》だからである。棒《ぼう》で跡《あと》をつけた程度《ていど》だからすぐ消えると軽く見てはダメ。スプレーなどを使わなくてもりっぱに「落書き」であり、罰《ばっ》金《きん》の対象《たいしょう》になる。これが他の人に見つかり、ネットで拡《かく》散《さん》されたり、ニュースで報道《ほうどう》されたりしたらアリナさんも大はじをかくはず。こう忠告《ちゅうこく》され、タイヨウくんは仲間に協力をあおいで急いで文字を消したのである。実《じっ》際《さい》、文字が見えないように消すのはかなり時間がかかる重労働であった。

島根県

石見《いわみ》神楽《かぐら》の童心

「うおお、太いしめ縄だなぁ。さすが**出雲大社《いずもたいしゃ》！**」

マッキーは出雲大社《いずもたいしゃ》の神楽殿《かぐらでん》の前で立ち止まり、うやうやしくおじぎをした。

「あのしめ縄って重さが5トンくらいあるらしいぜ。もし、あんなのが落ちてきて下《した》敷《じ》きになったらヤバいよな。」

キリさんが言うと、マッキーはふり返ってにらみつける。

「キリさん、縁起《えんぎ》でもないこと言うなよ。神様が気を悪くしたらどうすんだ！　大国《おおくに》主大神《ぬしのおおかみ》様、このバカの失言をお許《ゆる》しください。こいつはぼくとは無関係です。」

「あっそう、無関係ねぇ。だれがおまえに給料払《はら》ってると思ってんだ？」

マッキーはキリさんを無視《むし》して前に進み出ると、巨大《きょだい》なしめ縄の下をくぐる。頭を少し下げて、静かにおさい銭《せん》を投げ入れた。それから2回深くおじぎをし、4回拍手《はくしゅ》。手を合わせてお祈《いの》りをし、最後に1回礼をした。

ふつうの神社の場合、お参りの作法は「二礼・二拍手《はくしゅ》・一礼」だが、出雲大社《いずもたいしゃ》のル

ールでは「拍手《はくしゅ》は4回」なのである。


「やけに念入りだったな。マッキー、神様に何をお願いしたんだ？」

「野暮《やぼ》だなぁ。出雲大社《いずもたいしゃ》は縁結《えんむす》びの神社じゃないか。キリさんは？」

「家内安全、商売繁盛《はんじょう》。それにしても、おまえが神様とか信じるタイプとはね。」

「島根っていったら神様の本拠地《ほんきょち》だから。ご利益《りやく》が期待できると思ってさ。」

島根県は日本神話のふるさととして名高く、たくさんの伝説が残る土地。この出雲《いずも》大社《たいしゃ》にまつられている大国主大神《おおくにぬしのおおかみ》は、「いなばの白《しろ》うさぎ」にも登場する心やさしい神様だ。

この直後——公民館の食堂《しょくどう》で名物の出雲《いずも》そばを食べたキリさんは、外に出て電話連《れん》絡《らく》を何本かすませた。そして食堂《しょくどう》にもどってきたとき、驚《おどろ》くべき光景に遭遇《そうぐう》した。

なんと、マッキーが女の子と楽しげに話しているのだ。

キリさんがポカンと立ちつくしていると、マッキーが「あ、これがキリさん。ぼくの道連れ。」と紹介《しょうかい》する。長い髪《かみ》をミルクティー色に染《そ》めた女の子はサッと立ち上がった。

「初めまして。松方美矢子《まつかたみやこ》です。えーと……たった今、マッキーさんに一目ぼれしち

ゃいました！」

意外すぎる展開《てんかい》にキリさんは目をむいた。だいたいキリさんが席をはなれていたのはものの15分くらいである。美矢子《みやこ》さんはちょっと顔を赤らめながら言う。

「あたし、好みの人には積極的にいくほうなんです。」

「まあ、意気投合したってわけだ。」

マッキーは臆面《おくめん》もなくニヤけている。

「でも……せっかく運命の人に出会えたのに旅行中なんて。あたしもマッキーさんについていきたいなぁ。」

キリさんはあきれて口をパクパクさせた。美矢子《みやこ》さんは大学3年生だという。

今日はこの公民館で「石見神楽《いわみかぐら》」の練習をするために来たのだそうだ。

「石見神楽《いわみかぐら》は島根の伝統芸能《でんとうげいのう》で。能《のう》とか狂言《きょうげん》に近いのかな？　お面とかすごく派手《はで》な衣装《いしょう》をつけて舞《ま》うんです。男の人が多いんですけど、女性《じょせい》だけのグループもあって。

あたし、中学生のときからやってるんです。」

美矢子《みやこ》さんは時計を見上げて「あ、練習始まっちゃう。」と名残惜《なごりお》しそうに言う。

それから両手でマッキーの手を握《にぎ》ったのだ。

「マッキーさん。もう別のとこに行っちゃうんでしょ。練習のあと、会ってくれない？　記念にプレゼントを渡《わた》したいの。あたしのこと、忘《わす》れないでいてほしいから……。人が来ない静かなところがいいわ。9時に猪目洞窟《いのめどうくつ》にしましょう。」

美矢子《みやこ》さんはメモ帳にスラスラ地図を書いた。

「子どものころからよく使ってる場所なの。地元じゃ有名なんだ。『夜、猪目洞窟《いのめどうくつ》に来ると死ぬ』って言い伝えがあってね。」

「ええ？　なんでそんなところに……？」

マッキーはいやそうな顔をしたが、美矢子《みやこ》さんは「だってロマンティックじゃない？」と、ニコニコしている。やっぱり少々変わった女の子である。


約束の時間が近づいてきた。マッキーは地図をながめながらつぶやいた。

「美矢子《みやこ》さんって、まさか〈怪力乱神《かいりきらんしん》〉の手先ってことはないよな。」

「さすがにないだろう。ずっとここに住んでる地元の子だし。とはいえ、〈怪力乱神《かいりきらんしん》〉はどこまでも追っかけてくるから一応《いちおう》注意しとけよ。」

調べると、猪目洞窟《いのめどうくつ》は海岸沿《かいがんぞ》いにあるようだ。

「こわいから洞窟《どうくつ》の近くまではいっしょに来てくれ。でも、洞窟《どうくつ》が見つかったらオレたちのジャマにならないよう遠くにいてくれよ。」

何度もくり返すマッキーに、キリさんは苦笑《くしょう》しながら「はいはい。」と返した。

まあ、マッキーがモテるなんてめったにあることではない。

この珍道中《ちんどうちゅう》のよき思い出作りに協力してやろうと思ったのだ。

「美矢子《みやこ》さん、プレゼントって何をくれるつもりなんだろう？　婚姻届《こんいんとどけ》だったらどうしよ〜。」

「バカ言ってんじゃないよ。さ、出発するぞ。」

車を発進させたキリさんは違和感《いわかん》を覚えた。何かおかしいと思ったら——後輪のタイヤがふたつともパンクしていたのである。

「タイヤが切り裂《きさ》かれてる。これは……！」

キリさんとマッキーの視線《しせん》がかち合った。

「美矢子《みやこ》さんが危《あぶ》ない！」

「きっと食堂《しょくどう》で〈怪力乱神《かいりきらんしん》〉のスパイに会話を聞かれたんだ。洞窟《どうくつ》に先回りしているかもしれない！」

ふたりは近くの河原《かわら》にテントで寝泊《ねと》まりしていたキャンパーをたたき起こし、バイクを借りた。幸いにも相手がキリさんの名声を知っていたので、話は早い。

「あ、あそこじゃないか!?」

キリさんとマッキーは約束の時間に少しおくれて猪目洞窟《いのめどうくつ》にたどり着いた。懐中電《かいちゅう》灯の光に照らされ、こっちに歩いてくるのは――。

「美矢子《みやこ》さん！　よかった、無事でしたか！」

マッキーとキリさんがかけ寄《よ》ると、美矢子《みやこ》さんはホッとした顔をした。

「さっきのマッキーさんたちじゃなかったんだ？」

「さっきのって？　だれか来たの？」

「うん。男の人のふたり連《づ》れに見えたんだけど。ギャーッてさけんで逃《に》げちゃったから……びっくりさせすぎたかなと思って。追いかけたんだけど。」

美矢子《みやこ》さんは無邪気《むじゃき》に微笑《ほほえ》んだのである。

Q

〈怪力乱神《かいりきらんしん》〉の刺客《しかく》は洞窟《どうくつ》に先回りしていた。彼《かれ》らが逃《に》げたのはなぜか。

A

解《かい》説《せつ》

答えは美矢子《みやこ》さんが用意したプレゼントにある。石見《いわみ》神楽《かぐら》のグループに参加している美矢子《みやこ》さんは、神楽《かぐら》に使う面をマッキーにプレゼントしようと思った。そしてイタズラ心を出し、洞窟《どうくつ》の中で「般若《はんにゃ》」のお面をつけてマッキーを待っていた。〈怪力乱神《かいりきらんしん》〉のふたりの刺客《しかく》はキリさんたちをつかまえるために潜伏《せんぷく》していたが、より大きなダメージを与《あた》えるために美矢子《みやこ》さんをさらおうと考えた。しかし、「夜、猪目洞窟《いのめどうくつ》に来ると死ぬ」と聞いたうえで——真っ暗な洞窟《どうくつ》から般若《はんにゃ》が出てきたので、ビビって逃《に》げ出《だ》したのだ。

般若《はんにゃ》は、嫉妬《しっと》やうらみから鬼《おに》になった女の人の面。頭にツノ、口にはキバがある。怒《いか》りと悲しみが混《ま》ざったすさまじい形相で、暗いところで見たらそれはびっくりするだろう。だが、**般若《はんにゃ》の面は縁起物《えんぎもの》なのである。**「にらみをきかせて邪気《じゃき》を払《はら》い、幸いを招《まね》く」意味から、魔除《まよ》けや家内安全のお守りとされ、お祝いごとの贈《おく》り物《もの》としてもポピュラーだ。マッキーはありがたく面を受け取り、美矢子《みやこ》さんを送って帰ったのである。

原爆《げんばく》ドームの時は止まる

「**原爆《げんばく》ドーム**ってきれいなんですねぇ。」

依頼人《いらいにん》の大学生、山鳥《やまどり》くんはカフェの窓《まど》ごしにやわらかな光をまとって夜空に浮《う》かび上《あ》がる原爆《げんばく》ドームを見上げて感心したように言った。

「きれい、か……。」

キリさんは、彼《かれ》が原爆《げんばく》ドームを「きれい」と表現《ひょうげん》したことにちょっと驚《おどろ》いた。

山鳥《やまどり》くんは心配そうに目をクルクルさせた。

「オレ、なんかおかしなこと言いましたか？　オレ、小さいころから親の仕事の都合で外国を転々としてて、大学に入るとき帰国したんです。日本の常識《じょうしき》を知らなくて、よく『おまえの感覚、変だよ。』って言われるんですよ。」

「おかしくないよ。ライトアップされた原爆《げんばく》ドームはきれいだ。ふだんは悲劇《ひげき》の象徴《しょうちょう》として見ているけど、確《たし》かに美しい建物だなって感心したんだ。」

原爆《げんばく》ドームは言わずと知れた世界遺産《いさん》。第二次世界大戦末期、原子爆弾《ばくだん》によって大《たい》破《は》したが、歴史《れきし》を後世に伝えるシンボルとして保存《ほぞん》されている。

「で、山鳥《やまどり》くんの依頼《いらい》は探《さが》し物《もの》でしたよね？」

「はい。ありかはわかってるんです。オレ、トレジャーハンターを目指してて。」

「えーと、それはプロの――隠《かく》された財宝《ざいほう》を見つける、本物のトレジャーハンターってこと？」

山鳥《やまどり》くんは自信ありげにうなずいた。

「もちろん。オレ、才能《さいのう》あると思うんですよ。宝探《たからさが》しイベントに参加したときも一番に宝物《たからもの》を見つけたし。」

山鳥《やまどり》くんが言うのは、イベントとして用意された宝探《たからさが》しの話。

しかし、山鳥《やまどり》くんは真剣《しんけん》な顔でファイルを取り出すと、周囲《しゅうい》を気にするそぶりをして声をひそめた。

「この文書によると原爆《げんばく》ドームの真下にお宝《たから》がうめてあるそうなんです。」

「原爆《げんばく》ドームの下？　あの建物が建てられたのは大正時代の初めごろのはずだけど。」

「はい。それよりずっと前、江戸《えど》時代末期にこのあたりを治めてたえらい人がお金をうめたそうなんです。」

I
Trea
Sur

「埋蔵金《まいぞうきん》ってやつか！」

マッキーがワクワクした顔になる。

「そう、それ！　ところが長い年月が経《た》つうちに、こんな建物が建っちゃった。で、埋蔵金《まいぞうきん》のありかを伝え聞いていた宅和恵之介《たくわえのすけ》という人が、第二次世界大戦で徴兵《ちょうへい》されたときに書き残したのがこれです。」

「この文書はどうやって手に入れたんですか？」

「宝探《たからさが》しイベントで知り合った友達がゆずってくれました。広島市内の親せきの古い家をこわすときに見つけたんだそうで。『おまえなら埋蔵金《まいぞうきん》を見つけられる。』って。そこまで見こまれたら挑戦《ちょうせん》しなきゃでしょ。で、北海道からやってきたんですよ。」

キリさんは、山鳥《やまどり》くんが大事そうにつかむ変色した紙きれをのぞきこんだ。

広島藩藩主《はんはんしゅ》、浅野《あさの》家ノ埋蔵金《まいぞうきん》、原爆《げんばく》ドームノ地中深クニ埋《う》メラレテイル。死ヲ覚悟《かくご》シ秘密《ひみつ》ヲココニ残ス。我《わ》ガ子孫ノ繁栄《はんえい》ヲ心カラ祈《いの》ル。宅和恵之介《たくわえのすけ》
二千六百五年　五月十日

「へ、2605年って未来じゃね?」

「マッキー、これは西暦《せいれき》じゃなくて『**皇紀**《こうき》』だ。」

皇紀《こうき》は日本の初代天皇《てんのう》とされる神武天皇《じんむてんのう》の即位《そくい》した年を元年とする暦《こよみ》。

戦前や戦中には、元号とともによく使われていたのだ。

「結局、宅和《たくわ》さんは戦地で亡《な》くなったそうです。で、本題なんですが……一般人《いっぱんじん》が原《げん》爆《ばく》ドームに入る方法はあるんでしょうか。取材とか調査《ちょうさ》とか理由をでっちあげてどうにか——。」

キリさんは山鳥《やまどり》くんの手から紙きれを奪《うば》うと、ちらりとながめて苦笑《くしょう》した。

「残念ながらこれはニセモノだね。山鳥《やまどり》くん、きみはその友達に引っかけられたんだよ。」

Q

キリさんは、なぜこの文書はニセモノだと断定《だんてい》したのだろうか。

A

解説《かいせつ》

「原爆《げんばく》ドーム」が建てられたのは1915（大正４）年。設《せっ》計者《けいしゃ》はチェコの建築家《けんちくか》、ヤン・レツル氏だ。この建物の元の名前は**「広島県産業奨励館《しょうれいかん》（当初は「広島県物産陳《ちん》列館《れつかん》」）」**。県内の物産品の展示《てんじ》や販売《はんばい》をする施設《しせつ》で、美《び》術館《じゅつかん》や博物館のような側面もあったという。1945（昭和20）年８月６日、アメリカ軍が広島市の中心地めがけて投下した原子爆弾《ばくだん》が炸裂《さくれつ》したのは産業奨励館《しょうれいかん》のほぼ真上。奇跡的《きせきてき》に倒壊《とうかい》をまぬがれ、いつしか「原爆《げんばく》ドーム」と呼《よ》ばれるようになった。

キリさんがニセモノだと見破《みやぶ》った理由はじつにかんたん。文書に書かれた「皇紀《こうき》2605年」は1945年。日付が５月なので原爆《げんばく》投下より前である。**原爆が投下される前に書かれた文書に「原爆《げんばく》ドーム」という名前が出てくるわけはない**。山鳥《やまどり》くんの友人は古い紙を使い、それらしく見せようと「皇紀《こうき》」を持ち出したが、凡《ぼん》ミスをしていた。1940（昭和15）年に、「皇紀《こうき》2600年」の節目を祝う大規模《だいきぼ》な行事が行われたのは有名である。

香川県

12杯《はい》の讃岐《さぬき》うどん

「うどん11人前です。全部『ぶっかけ』のあったかいほうでお願いします。」

大石編集長《おおいしへんしゅうちょう》はスマホの通話を切ると、キリさんとマッキーに「どうぞ、おかけになってください。」と声をかけた。大石編集長《おおいしへんしゅうちょう》の後ろにひかえる8人の部下たちはいそいそと会議室のテーブルをくっつけ、キリさんたちに椅子《いす》をすすめる。

キリさんがこの「松《まつ》の実出版《みしゅっぱん》」なる会社を訪《おとず》れたのは「推理《すいり》クイズの本の推薦文《すいせんぶん》を書いてほしい」という依頼《いらい》を受けたため。打ち合わせ後に「軽く昼食でも」となると名探偵《めいたんてい》・桐久廉太郎《きりひされんたろう》とごいっしょしたい社員たちがついてきてこの大人数になった。

みんながキリさんたちを囲《かこ》んでおしゃべりをしていると、会議室のドアがそっと開いた。部屋をのぞいた水色のパンツスーツの女性《じょせい》はキリさんを見つけると「あっ、本物！」とつぶやいた。それから大石編集長《おおいしへんしゅうちょう》に近づくと、耳元でささやいた。

「大石《おおいし》さん、あたしが桐久《きりひさ》さんの大ファンなの知ってるでしょ？　なんで誘《さそ》ってくれないの!?」

「ごめんごめん。与田《よだ》さんは取材に出かけてただろ？　もっと遅《おそ》くなると思ってさ。あ、与田《よだ》さんもぶっかけうどんでいい？」

大石編集長《おおいしへんしゅうちょう》はあわてて電話をかけ直す。

「あ、さっきのお兄さんですよね？　松《まつ》の実出版《みしゅっぱん》です。ぶっかけを11人分頼《たの》んだんですが、ひとつ足して12人前にしてもらえませんか？　すみません……。」

大石編集長《おおいしへんしゅうちょう》が電話している間に、与田《よだ》さんはちゃっかりキリさんのとなりに座《すわ》ると、自己紹介《じこしょうかい》をしてマシンガンのごとくしゃべり始めた。このままだと与田《よだ》さんがキリさんを独占《どくせん》しそうなので、電話を終えた大石編集長《おおいしへんしゅうちょう》はさりげなく話に割《わ》って入《はい》る。

「出前を頼《たの》んだのは、すぐ近くの『森森讃岐《もりもりさぬき》うどん』というわれわれの行きつけです。」

「本場の讃岐《さぬき》うどん、楽しみです。」

キリさんが愛想《あいそ》よく言うと、ほかのみんなも話に加わった。

「ここの讃岐《さぬき》うどんは地元でも評判《ひょうばん》なんです。」

「うどんそのもののおいしさを実感してもらうために、大石《おおいし》さんはあえてシンプルなぶっかけうどんを頼《たの》んだんです。決してケチだからじゃありませんよ。」

話がはずみつつも「うどん、まだかなぁ。」とみんなが思い始めたころ。

ノックの音がして、12人の視線《しせん》がドアに集中する。

店員は「森森讃岐《もりもりさぬき》うどんです〜。」と言いながらワゴンをテーブルの横につけ、白地に青の模様《もよう》が入った丼《どんぶり》を並《なら》べる。編集部員《へんしゅうぶいん》たちも丼《どんぶり》にかけてあるラップをはずすのを手伝った。

店員はさらにテーブルに3つの容器《ようき》を置き、キリさんとマッキーのほうを向いた。社員たちは店の常連《じょうれん》なので、ふたりが客人だとわかったのだろう。

「天かす、おろししょうが、ねぎです。こうやってうどんにかけてください。」

店員はスプーンで3点セットをうどんにさっとかけ、マッキーの前に置く。

「食べ終わったらいつものように器《うつわ》は外に出しておくよ。店長によろしくね。」

編集長《へんしゅうちょう》が12人分の代金を払《はら》うと、店員は「冷めないうちにどうぞ。」と言って出ていった。部屋中にいりこだしのよい香りが漂《ただよ》う。しばらくはだれも口をきかず、12人分のうどんをすする音が聞こえるのみ。最初に口を開いたのはマッキーだ。

「うん、ツルッとしたのどごしが最高！　これ、じつにコシが強いうどんですねぇ。かみしめると、はね返すくらい弾力《だんりょく》がすごい。なぁ、キリさん？」

「ん……もぐもぐもぐ。」

水を向けられたキリさんはうどんをかみしめている最中である。

「いやぁ、こんなに長いうどんは初めてですよ。」

キリさんはうどんをつまんだ箸《はし》を頭の高さまで持ち上げる。

なんと、うどんのはしっこはまだ丼《どんぶり》の中だ。大石編集長《おおいしへんしゅうちょう》がニヤリとする。

「驚《おどろ》かせたくてだまってたんですがね。**ここのぶっかけうどんは『一本うどん』といって、一本がとても長いんです。1メートルくらいあるんですよ。**」

マッキーは自分の丼《どんぶり》を箸《はし》でかき回した。マッキーのうどんは、なぜか一本うどんではない。しかし、マッキーはそれを言わずにおいた。

文句《もんく》を言ったらみんなは恐縮《きょうしゅく》して謝《あやま》りまくるだろう。うどん屋の落ち度なのに、社員たちに謝《あやま》られるのはつまらない。「ま、味は同じだから別にいいか。」と思ったのである。松《まつ》の実出版《みしゅっぱん》から一歩外に出るや、マッキーは「オレのうどんが短かった件《けん》」をキリさんに話した。

「マッキーだけすいすい食べてるなぁと思ったら、そうだったのか。うどんを切りそろえた切れはしをまちがって使ったとか？」

「そこまで短くはなかったよ。ふつうくらい。」

「それはちょっとモヤモヤするよな。」

歩いているうちにふたりは『森森讃岐《もりもりさぬき》うどん』の前に着いていた。ふと見ると、店の裏手《うらて》につながれた犬が土を掘《ほ》り返《かえ》している。マッキーはすぐに犬に寄《よ》っていく。

「ここ掘《ほ》れワンワン！　大判小判《おおばんこばん》でも出てくるのかな？」

犬が掘《ほ》り出《だ》そうとしているのはせとものらしい。何やら見覚えがある模様《もよう》である。

「丼《どんぶり》じゃないか。」

キリさんは腕組《うでぐ》みをした。犬は土からはみ出た丼《どんぶり》のはしをペロペロなめている。

「こんなところにうどんの丼《どんぶり》がうめられているのはどういうことかな。」

「オレたちが会議室を出たとき、もう丼《どんぶり》は回収《かいしゅう》されていた。店員が帰る途中《とちゅう》で丼《どんぶり》を割《わ》っちゃって、怒《おこ》られないようにここに隠《かく》したんじゃないか？」

「不自然なことが複数《ふくすう》あるときは、そこにつながりがあることが多い。マッキーのうどんだけが『一本うどん』じゃなかったことと関係があるとオレはにらんだね。**店員には、12個《こ》の丼《どんぶり》を持って帰ってはいけないわけがあったんだ。**」

Q

マッキーのうどんだけ短かったわけはなんだろうか。

A
解説《かいせつ》

讃岐《さぬき》うどんは太くてコシが強いのが特徴《とくちょう》。ゆで時間は短くても12分くらいはかかる。店員が追加の注文を受けたとき、11人前のうどんはもうゆであがる寸前《すんぜん》だった。これから追加分をゆでると11人前を放置することになる。めんどうだと思った店員は、11人前のうどんを少しずつちょん切って1人前を作り出したのだ。マッキーの分だけ「一本うどん」でなかったのは、そういうわけ。店員がマッキーのうどんに薬味をふりかけたのもバレないようにするためだ。

彼《かれ》は店長には「11人分の注文を受けた」と報告《ほうこく》したが、代金は12人分もらって、ひとり分の代金をちゃっかりポケットに。店に帰ったとき、店長が丼《どんぶり》の数に気づくとまずいのでひとつを店の裏《うら》に隠《かく》したのだ。キリさんが店員を呼《よ》び出《だ》して事情《じじょう》を聞くと、大当たり。詐欺罪《さぎざい》、横領《おうりょう》罪《ざい》に当たることもあるので、店主も呼《よ》んで厳重《げんじゅう》に注意した。

ちなみに「一本うどん」の発祥《はっしょう》は京都のうどん店。「太く長く生きる」というメッセージがこめられていて、全国に広がったそうだ。

徳島県

キリさんは何でも知っている

「人はどうして危険《きけん》を求めるのかねぇ。」

キリさんは、切り立った峡谷《きょうこく》を展望台《てんぼうだい》から見下ろしながらため息をついた。

ここは徳島県の秘境《ひきょう》といわれる観光名所。その名も「大歩危《おおぼけ》・小歩危《こぼけ》」という。上流が大歩危《おおぼけ》で、下流が小歩危《こぼけ》である。吉野川《よしのがわ》の激《はげ》しい流れによって2億年もの月日をかけ、岩が深いV字形にけずられてできた渓谷《けいこく》だ。

「キリさんだってこんな危《あぶ》ない仕事を好んでやってるじゃん？」

「オレは謎《なぞ》が好きなだけだ。犯罪《はんざい》に限《かぎ》らず、人の行動の目的とかさ。そういう謎《なぞ》を追っかけてると、オマケで危険《きけん》がついてくるんだよなぁ。」

「それにしてもなんで大歩危《おおぼけ》・小歩危《こぼけ》なんてじょうだんみたいな名前なのかね？」

「諸説《しょせつ》あるってよ。『**大またで歩いても危険《きけん》、小またで歩いても危険《きけん》だから**』という説がよく知られてるらしいが。おっと、ふたりがこっちに来るぞ。」

キリさん、マッキーは展望台《てんぼうだい》のはしに移動《いどう》した。今回のキリさんたちのミッションは若宮康太《わかみやこうた》、若宮留理《わかみやるり》夫妻《ふさい》を尾行《びこう》すること。依頼主《いらいぬし》は留理《るり》の父である久世《くぜ》氏だ。

久世《くぜ》氏は、娘《むすめ》と結婚《けっこん》した康太《こうた》さんに不信感を持っていると語った。

その理由は、康太《こうた》さんが留理《るり》さんに多額《たがく》の保険金《ほけんきん》をかけたからだという。

「ふたりとも30代で、結婚《けっこん》してまだ1年ですよ。よくあるでしょ、保険金殺人《ほけんきんさつじん》って。そんな心配をしていたところに、留理《るり》が『今週末にふたりで祖谷《いや》に遊びに行く』っていう。ふたりを尾行《びこう》して、留理《るり》が危険《きけん》な目にあいそうになったら助けてください！」

というわけでキリさんとマッキーは、昨晩《さくばん》から尾行《びこう》を開始した。

若宮夫妻《わかみやふさい》は昨晩《さくばん》、車で祖谷《いや》の宿屋にやってきた。キリさんたちはキャンピングカーでは目立ちすぎるのでレンタカーを借りてついてきた。

久世《くぜ》氏に、留理《るり》さんからだいたいの行き先を聞き出しておくように頼《たの》んでおいたのだが、その道行《みちゆ》きはなかなかハードなものになりそうである。

夫妻《ふさい》が次に向かったのは**「祖谷《いや》のかずら橋《ばし》」**。これがまたスリル満点、シラクチカズラという植物を編《あ》んで作った長さ45メートルのつり橋なのだ。康太《こうた》さんと留理《るり》さんはそれぞれにかずら橋のらんかんをしっかりつかんで歩きだした。

「この橋は一方通行だから……オレたちもそろそろ行くか。」

キリさんの声はだいぶ不安そうである。

「お、おう。橋板の間がけっこう開いてんなぁ。すきまから落ちそうじゃね?」

橋の下の川までの高さは14メートル。水面なら落ちても安全だと誤解《ごかい》している人もいるが、それは大まちがい。体勢《たいせい》や当たりどころによっては命に関わることもある。

「この橋は、追われてこの地に逃《に》げこんだ平家の人が作ったんだと。追っ手が来たら橋を切り落とせばいいってわけだ。」

キリさんは足もとを凝視《ぎょうし》しながら言う。

「げっ、この橋、そんなに古いの?」

「んなわけないだろ。今じゃ3年に1回かけかえてるから安全、安全、安全だ。」

キリさんは自分に言い聞かせるように「安全」を強調する。

おっと、こんな調子じゃ留理《るり》さんに危険《きけん》がおよんでも助けるどころではない。

冷静に見れば橋板の間は大人が落ちるほど広くない。それでも橋はやたらギシギシ鳴るし、わざと橋を揺《ゆ》らしたりする不届《ふとど》き者《もの》もいるし……。

キリさんとマッキーは若宮夫妻《わかみやふさい》とつかずはなれずの距離《きょり》を保《たも》ちながら、かずら橋を渡《わた》りきったのである。

若宮夫妻《わかみやふさい》はしばらくそのあたりを散策《さんさく》すると、高級そうなそば屋に入っていった。名物、祖谷《いや》そばを召《め》し上《あ》がっているらしい。キリさんたちはもちろん車で待機。夫妻《ふさい》が店から出てきて車に乗りこむと、追跡再開《ついせきさいかい》だ。

夫妻《ふさい》の車は細いくねくねした山道を走り、やがて道路脇《どうろわき》に停《と》まった。キリさんはハンドルに手をかけ、大きく息をはく。

「マッキー、いよいよ『**小便小僧**《こぞう》』だ。ここが一番危《あぶ》ないから、よく注意しろよ。」

若宮夫妻《わかみやふさい》は手をつないで、断崖《だんがい》に向かって歩いていく。その先にあるのは――。

「あんなところに小便小僧《こぞう》の銅像《どうぞう》!?　ま、下は川だしちょうどいいのかな？」

マッキーは苦笑《くしょう》した。

突《つ》き出《で》た岩の先に、おしっこをするポーズの裸《はだか》の少年の像《ぞう》が立っている。

「ただし水面まで200メートルあるからな。笑えない高さだぞ。」

「はは……ひざが笑っちゃうね。」

康太《こうた》さんと留理《るり》さんは小便小僧《こぞう》に近づくと、お互《たが》いに写真を撮《と》りあっている。断崖絶壁《だんがいぜっぺき》で手をつないだりはなしたり、ふざけあうふたりの姿《すがた》は仲のいいふつうの夫婦《ふうふ》にも見えるが、ちょっと押《お》したら大事故《だいじこ》発生である。

「こうなったら顔を見られてもしょうがない。」

キリさんは若宮夫妻《わかみやふさい》のほうに歩を進め、背後《はいご》にせまった。マッキーも後ろからついていく。そのとき、サッと一陣《いちじん》の風が吹《ふ》いた。康太《こうた》さんが留理《るり》さんの肩《かた》にかかっていたスカーフを押《お》さえようとするより早く、スカーフがすべり落ちた。

（康太《こうた》さんはスカーフを拾うと見せかけて、留理《るり》さんを突《つ》き落《お》とすつもりだな！）

キリさんはスカーフに手をのばしながらふたりの間に割《わ》って入《はい》り、康太《こうた》さんを見上げた。その冷たい視線《しせん》に、さしものキリさんもぞくりとしたのである。スカーフがひらひら眼下《がんか》の川に落ちていくのをながめながら、留理《るり》さんはキリさんに笑いかけた。

「拾おうとしてくださったのね。ありがとうございます。」

そして、ふたりは車のほうに去っていった。

祖谷《いや》をあとにした若宮夫妻《わかみやふさい》の車は高速道路を飛ばし、彼《かれ》らが住む街にまっすぐ帰るかと思われた。だが夫妻《ふさい》は、真っ赤な大きな門が目立つ寺院に立《た》ち寄《よ》った。

「井戸寺《いどじ》」は由緒《ゆいしょ》ある寺らしいが、日暮《ひぐ》れの時間だからか、夫妻《ふさい》以外に人影《ひとかげ》はない。

「もうお参りして帰るだけじゃね？　キリさん、オレ、トイレ行ってくるわ！」

「さっさとすませろよ、小僧《こぞう》！」

キリさんがひとり、寺の中を歩いていると四角い箱形のものが目に入った。

「それは、『**面影《おもかげ》の井戸《いど》**』ですよ。中をのぞきこんで、自分の姿《すがた》が映《うつ》れば無病息災《そくさい》、映《うつ》らなかったら3年以内に死ぬといわれているの。」

後ろからキリさんに声をかけたのは、留理《るり》さんだった。

「教えてくれてありがとう。でも、ぼくは、そういう迷信《めいしん》を信じないんですよ。」

キリさんは井戸からすっとはなれながら、さらに言った。

「お父さんによろしくお伝えください。前ばらいでたっぷり料金をいただいておいてよかった。楽しませていただきました、とね。」

Q

キリさんは、留理《るり》さんになぜこんなことを言ったのだろうか。

A

解説《かいせつ》

キリさんは、**久世氏《くぜ》と若宮夫妻《わかみやふさい》がグルだと確信《かくしん》した。**3人は〈怪力乱神《かいりきらんしん》〉の刺客《しかく》だったのだ。若宮夫妻《わかみやふさい》がキリさんたちを引っぱり回して危険《きけん》な場所をめぐらせたのは、おりを見て殺害《さつがい》するためであった。小便小僧《こぞう》のところでは、康太《こうた》さんが留理《るり》さんを断崖《だんがい》から突《つ》き落《お》とそうとしたと見せかけたが、ねらいはキリさんたちだったのだ。しかし、マッキーがはなれた場所にいたため、断念《だんねん》する。このあと、留理《るり》さんはキリさんに「面影《おもかげ》の井戸《いど》」をのぞかせ、隠《かく》れていた康太《こうた》さんとともに後ろからおそいかかる作戦を立てていた。しかし、これも失敗に終わり、若宮夫妻《わかみやふさい》は逃《に》げ去《さ》ったのである。

「面影《おもかげ》の井戸《いど》」は、水に困《こま》っていたこの地域《ちいき》を救《すく》うために弘法大師《こうぼうだいし》が一晩《ひとばん》で掘《ほ》ったとされる伝説の井戸。井戸寺《いどじ》は、江戸《えど》時代に流行《はや》った四国巡礼《じゅんれい》（札所《ふだしょ》と呼ばれる、88か所の寺社などご利益《りやく》のある場所をめぐり、参拝《さんぱい》すること）の札所《ふだしょ》のひとつである。

高知県

坂本龍馬《さかもとりょうま》が多すぎる

「さあ、『坂本龍馬《さかもとりょうま》ワクワクまつり』第3部『坂本龍馬《さかもとりょうま》そっくりさんコンテスト』、盛《も》り上《あ》がってまいりました。お次は龍馬《りょうま》と、龍馬《りょうま》のお姉さんの乙女《おとめ》のコンビです〜！」

キリさんはステージのそでで着物のえりもとをつかみ、マッキーをつつく。

「行くぞ。ここまで来たらやるしかない。」

「お、おう……。」

マッキーはオールバックになでつけた髪《かみ》を頭のてっぺんでチョンと結び、羽織《はおり》、はかまを着こんでいる。マッキーがブーツのかかとを鳴らしてステージに進み出て、後ろからお化粧《けしょう》をして女ものの着物を着たキリさんが出てくると、客席から「あ、女装《じょそう》じゃん。」「いいぞ！」と声が上がる。

コンテスト出場者は何かパフォーマンスをしなければならない。しかし、ある事情《じじょう》で急に参加することになったふたりには何も用意がない。

しかたなくマッキーがニコニコして言う。

「龍馬《りょうま》で〜っす！」
「乙女《おとめ》で〜っす！」

キリさんが続けると、客席から「おーい、漫才《まんざい》でもするんか？」とヤジが飛ぶ。

キリさんは覚悟《かくご》を決めて大きく息を吸《す》う。

「龍馬《りょうま》は小さいころ、ホントに泣き虫でねぇ。あたしが剣術《けんじゅつ》のけいこをつけたのよ。」

そして、マッキーが刀がわりに腰《こし》にさしている新聞を丸めた棒《ぼう》をサッと取り、「それ、それ。」とマッキーをめちゃくちゃにたたく。

「あーいてて。乙女《おとめ》姉さんにはかなわんぜよ〜。」

逃《に》げるマッキーをキリさんがひたすら追い回し、ふたりは爆笑《ばくしょう》を浴びながらステージの下手《しもて》に逃《に》げこんだ。

「やれやれ。協力するとは言ったけど、こんなことまでやらされるなんてじょうだんじゃないわよ！」

キリさんはへたりこみながら、マッキーの耳元でささやいた。

なぜか乙女《おとめ》姉さんの口調がぬけないキリさんである。

ふたりはついさっきまで「坂本龍馬《さかもとりょうま》ワクワクまつり」を客席で楽しんでいた。

主催者《しゅさいしゃ》のひとりである加納《かのう》くんがキリさんの大学時代の友人で「見に来いよ。」と誘《さそ》われたのである。第1部は坂本龍馬《さかもとりょうま》の生《お》い立《た》ちを紹介《しょうかい》する朗読劇《ろうどくげき》。第2部の「坂本《さかもと》龍馬《りょうま》ものしりクイズ選手権《せんしゅけん》」の途中《とちゅう》で、加納《かのう》くんがキリさんたちの席にやってきた。

「緊急事態《きんきゅうじたい》が発生した。ちょっと事務室《じむしつ》まで来てくれないか。」

加納《かのう》くんによれば、事務室《じむしつ》のテーブルの上に置いてあったモデルガンがなくなったという。そのモデルガンは、坂本龍馬《さかもとりょうま》が愛用していた拳銃《けんじゅう》のレプリカ。「坂本龍馬《さかもとりょうま》そっくりさんコンテスト」の優勝者《ゆうしょうしゃ》への賞品《しょうひん》として特別に注文したものだった。

「事務室《じむしつ》のドアには鍵《かぎ》がかかってなかった。だれかが持ち去ったと思うんだ。このフロアには一般客《いっぱんきゃく》は入れないけど、参加者の控《ひか》え室《しつ》はすぐそこだ。」

加納《かのう》くんは困《こま》りきった顔で言ったのだ。

「キリさん、マッキー。参加者の控《ひか》え室《しつ》に潜入《せんにゅう》してあやしい様子の人がいないか調べてくれないか。」

「友達のよしみだ。まぁいいけど……。」

「ありがとう！　そうとなったら参加者のふりをしてほしいんだ。キリさんは顔が知れてるから『探偵《たんてい》がうろついてる』ってバレたら困《こま》るだろ。」

龍馬《りょうま》の衣装《いしょう》はひとつしかなかったので、じゃんけんで負けたキリさんが女装《じょそう》するはめになったわけである。

しかし、控《ひか》え室《しつ》で「あやしい人物」を探《さぐ》るのは至難《しなん》のワザだった。

なにしろ参加者は40人もいる。しかも、着物のふところに右手をつっこんでいるやつの多いこと。これは高知県内にわんさかある龍馬《りょうま》の像《ぞう》の中でも一番有名な、桂浜《かつらはま》にある龍馬《りょうま》の銅像《どうぞう》のポーズなのだ。

右手が何を持っているかは諸説《しょせつ》ある。

代表的なのは拳銃《けんじゅう》、あるいは本。また「ケガで包帯をした手を隠《かく》している」説も。

そんなわけで、ふところに何か隠《かく》しているのは龍馬《りょうま》コスプレでは超《ちょう》フツー。

小道具としておもちゃの拳銃《けんじゅう》を持ってきた人も少なくなかったのだ。

「これから審査《しんさ》に入ります。発表、表彰式《ひょうしょうしき》まで30分ほどお待ちください。優勝者《ゆうしょうしゃ》には賞金《しょうきん》10万円が贈《おく》られます！」

第3部を最後まで見届《みとど》けたキリさんとマッキーは事務室《じむしつ》に走った。

「加納《かのう》、優勝者《ゆうしょうしゃ》の賞金《しょうきん》は10万円だって？」

「ああ、賞品《しょうひん》のモデルガンがなくなったんだからしょうがない。都合により変更《へんこう》になったってことにするよ。とりあえず10万円って言っときゃ犯人《はんにん》も発表までは帰らないだろう。スタッフには参加者が帰らないように見張《みは》らせてある。」

キリさんは指をパチンと鳴らす。

「よしよし。加納《かのう》、おまえはここからはなれなかっただろうな？」

加納《かのう》くんは、事務室《じむしつ》のドアを指さした。

「ああ。言われたとおり、他の人がドアノブにさわらないように見張《みは》ってた。ここに残ってる犯人《はんにん》の指紋《しもん》は重要な証拠《しょうこ》になるんだもんな。」

マッキーはじれったそうに言う。

「キリさん、全員の所持品と身体検査《しんたいけんさ》をすればかんたんじゃないか？」

「警察官《けいさつかん》でもないのにそんなことはできないよ。」

「じゃ、全員の指紋《しもん》を取らせてもらう？　あとで警察《けいさつ》にドアノブの指紋《しもん》を取ってもらって照合すれば犯人《はんにん》がわかるじゃん。」

「それだって無理だよ。逮捕《たいほ》された人か、令状《れいじょう》が出ている相手じゃないと指紋《しもん》を取ることはできないからな。」

加納《かのう》くんはすがるような目つきになった。

「やっぱり全員分の指紋《しもん》を取るのは無理か。キリさん、何かいい方法はないのかな。」

「いきなり『指紋《しもん》を押《お》せ。』って言われたら後ろめたいことがなくてもイヤだろう？問題になるぞ。『何もしてないのに犯罪者扱《はんざいしゃあつか》いされて指紋《しもん》を取られた。』って。」

マッキーはため息をついた。

「そっか。控《ひか》え室《しつ》じゃ、龍馬《りょうま》マニア同士《どうし》で仲よく盛《も》り上《あ》がってたし。楽しい雰囲気《ふんいき》がぶちこわしになるのも避《さ》けたいよなぁ？」

「それだ！」

キリさんが不意に声を上げた。何か思いついたときの目の輝《かがや》きである。

「マッキー、控《ひか》え室《しつ》にもどろうぜ。みんなと親睦《しんぼく》を深めるんだ。」

キリさんは控《ひか》え室《しつ》にもどって何をするつもりなのだろうか。

A
解説《かいせつ》

　キリさんはマッキーとともに控《ひか》え室《しつ》にもどると、結果発表を待つ参加者たちに親しげに話しかけた。坂本乙女《さかもとおとめ》のコスプレはキリさんひとりだったので、みんなにツーショットをねだられ、快《こころよ》く応《おう》じた。こうして場の空気をあたためると、キリさんは**「今日の記念に、全員の血判《けっぱん》状《じょう》を作ろう。」**と提案《ていあん》したのだ。血判《けっぱん》とは、指の先を少し切り、血をインク代わりにして指紋《しもん》のハンコを押《お》すもの。昔の大人は、かたい団結《だんけつ》や誓《ちか》いを示《しめ》すために、文書に名前を書いて血判《けっぱん》を押《お》したものだ。坂本龍馬《さかもとりょうま》が射撃術《しゃげきじゅつ》の先生に弟子入《でしい》りしたときの誓《ちか》いの血判状《けっぱんじょう》が2013年に見つかったことは知られていたので、みんなは大賛成《だいさんせい》。そんな中、こっそり立ち去ろうとする男がひとり。キリさんがすかさずその男を控《ひか》え室《しつ》の外に連れ出したところ、彼《かれ》は「つい、魔《ま》がさして持ち出してしまった。」とモデルガンを盗《ぬす》んだことを白状《はくじょう》したのである。

愛媛県

チーム俳句《はいく》・短歌クラブの栄光

カキーン！　心地《ここち》よい球音にマッキーはグラウンドのほうを向いた。

「お、ヒットだ。いいね、満塁《まんるい》じゃん。」

小さなグラウンドで少年たちが野球の試合をやっている。服装《ふくそう》もバラバラだから草野球らしいが、野球好きなら満塁《まんるい》のシーンを目にすればいやでも気分が盛《も》り上《あ》がる。

「まさに『**今やかの三つのベースに人満ちてそぞろに胸《むね》の打《う》ち騒《さわ》ぐかな**』だな。」

キリさんはよどみなく五・七・五・七・七の短歌を口にする。

「なんだそりゃ？　あ、『三つのベースに人満ちて』って満塁《まんるい》のことか！」

「そうそう。正岡子規《まさおかしき》の短歌だよ。いい歌だろ？」

正岡子規《まさおかしき》は愛媛県生まれの俳人《はいじん》で歌人。明治時代にアメリカから伝わったばかりの野球に熱中し、野球を広めた功績《こうせき》も有名である。

「あの〜、そこ踏《ふ》まないでください！」

少年に言われて、キリさんは足を止めた。見ると、棒《ぼう》で地面にスコアが書いてある。

「ごめんごめん。5回の表で17対21かぁ。すごい点の取り合いだな。」

「これからぼくが満塁《まんるい》ホームランかっ飛ばして追いついてやりますよ!」

少年は勇ましくバットを振《ふ》った。キリさんは首をひねり地面の文字を解読《かいどく》する。

『俳句《はいく》・短歌クラブ』と『マンガ研究会』で野球の試合をやるなんて変わってるね。」

「ぼくら、同じ中学で部室がとなり同士《どうし》なんです。年に1回、野球の親善《しんぜん》試合をするのが伝統《でんとう》なんですよ。」

「へえ、おもしろいね。どっちも運動部じゃないからいい勝負なんだろうね。」

キリさんが言うと、少年は苦笑《くしょう》した。

「わが俳句《はいく》・短歌クラブは10連敗中で。そろそろ勝たないとみっともないでしょ。」

そこへ少年のチームメイトがやってきた。

「おい、嶋《しま》! 向こうはついにピッチャー交代だってよ。サードやってた片野《かたの》がピッチャーだ。あいつはコントロールがいいから気をつけろ!」

「おう、まかしとけ!」

少年——嶋《しま》くんは自信ありげにバッターボックスに向かったのだ。

「よし、応援《おうえん》してやるか。かっとばせー、かっとばせー、しーまーくーんー!」

マッキーはベンチの上に飛び上がり、腕《うで》を振《ふ》り回《まわ》して声援《せいえん》を送る。マンガ研究会のピッチャーが、初球をビシッと投げこむと――。

「ストライク！」

嶋《しま》くんは勢《いきお》いよく空振《からぶ》りをしてずっこけた。

「あーあー、満塁《まんるい》ホームラン打つとか言ってたわりには頼《たよ》りないなぁ。」

マッキーはため息をついた。

「バッター、球が見えてないよ！」

「あんなへっぴり腰《ごし》じゃ打てっこねーぞ！」

マンガ研究会のメンバーたちがガンガンどなると、マッキーもヤジを飛ばす。

「ヘイヘイ、ピッチャーたいしたことないよ！　打てる打てる！」

「マッキー、あんまりでしゃばるなよ。オレたち部外者なんだから。」

キリさんはマッキーの腕《うで》を引っぱった。

「だってマンガ研究会のやつらに言われっぱなしじゃさぁ。」

だが、マッキーが心配することもなかった。

一塁《いちるい》、二塁《にるい》、三塁《さんるい》にいる嶋《しま》くんのチームメイトたちも負けじと声を出し始めたのだ。

「嶋《しま》！　気合だ、気合で打てー！」

「やせ蛙《がえる》〜、負けるな一茶《いっさ》、これにあり〜！」

唐突《とうとつ》に小林一茶《こばやしいっさ》の俳句《はいく》が飛び出したので、キリさんとマッキーはまゆをひそめた。

「なんだ今の？」

「かけ声に俳句《はいく》を取り入れてるらしいな。」

と言っていると……。カッキーン！　嶋《しま》くんは見事にヒットを放ったのである。

「さあ、2点入った！　あと2点で追いつくぞー！」

嶋《しま》くんは二塁《にるい》ベースに足をかけ、腰《こし》を低く落としてバッターに声を飛ばす。

「旅に病《や》んで〜、夢《ゆめ》は枯野《かれの》を〜、かけ廻《めぐ》る〜！」

キリさんとマッキーは目を見合わせた。松尾芭蕉《まつおばしょう》の有名な俳句《はいく》である。

「気合入るどころか力ぬけないか？」

「でも、『かけ廻《めぐ》る』って入ってるし。さっきの句《く》にも『負けるな』が入ってたな。」

そう言っているうちにバッターはヒットで出塁《しゅつるい》。次のバッターがフォアボールを選《えら》んだ。再《ふたた》び満塁《まんるい》の場面で登場した4番打者がツーストライクまで追いこまれたところで、二塁《にるい》ランナーが声を飛ばした。

郵 便 は が き

料金受取人払郵便

小石川局承認

1159

差出有効期間
2026年 6 月30
日まで
（切手不要）

112-8731

東京都文京区音羽二丁目
十二番二十一号

講談社
児童図書編集 行

愛読者カード　今後の出版企画の参考にいたしたく存じます。ご記入の上ご投函くださいますようお願いいたします。

お名前

ご購入された書店名

電話番号

メールアドレス

お答えを小社の広告等に用いさせていただいてよろしいでしょうか？
いずれかに○をつけてください。　〈 YES　NO　匿名なら YES〉

TY 000049-2405

この本の書名を
お書きください。

あなたの年齢　　歳	小学校	年生	中学校	年生
	高校	年生	大学	年生

●この本をお買いになったのは、どなたですか？

1. 本人　2. 父母　3. 祖父母　4. その他（　　　　　　　　　　）

●この本をどこで購入されましたか？

1. 書店　2. amazon などのネット書店

●この本をお求めになったきっかけは？（いくつでも結構です）

1. 書店で実物を見て　2. 友人・知人からすすめられて
3. 図書館や学校で借りて気に入って　4. 新聞・雑誌・テレビの紹介
5. SNS での紹介記事を見て　6. ウェブサイトでの告知を見て
7. カバーのイラストや絵が好きだから　8. 作者やシリーズのファンだから
9. 著名人がすすめたから　10. その他（　　　　　　　　　　）

●電子書籍を購入・利用することはありますか？

1. ひんぱんに購入する　2. 数回購入したことがある
3. ほとんど購入しない　4. ネットでの読み放題で電子書籍を読んだことがある

●最近おもしろかった本・まんが・ゲーム・映画・ドラマがあれば、教えてください。

★この本の感想や作者へのメッセージなどをお願いいたします。

「柿《かき》食えば〜、鐘《かね》が鳴るなり、法隆寺《ほうりゅうじ》〜っ！」

これは正岡子規《まさおかしき》の俳句《はいく》だ。マッキーは脱力《だつりょく》して座《すわ》りこんだ。

「さすがに意味不明すぎるだろ！」

その瞬間《しゅんかん》、カキーンと音が鳴る。ホームに帰ってきた嶋《しま》くんを仲間たちが迎《むか》え、大《おお》喜《よろこ》びでハイタッチをかわす。キリさんは拍手《はくしゅ》するのも忘《わす》れて考えこんだ。

「俳句《はいく》のかけ声の後に、みんなヒットを打ってる。これはぐうぜんとは思えないな。」

3つの俳句《はいく》に何か意味がある、と考えたのだ。そして、今また4つめの句《く》が。

「夕立や〜、草葉をつかむ、むら雀《すずめ》〜！」

与謝蕪村《よさぶそん》の有名な一句《いっく》のあと、バッターの打った球はショートとセカンドの間をぬけて外野に転がっていく。

「これで21対21の同点だ！」

スコアを書き換《か》える嶋《しま》くんの後ろにキリさんは歩《あゆ》み寄《よ》り、声をひそめて言った。

「勝ちたい気持ちはわかるけど。スポーツは正々堂々《せいせいどうどう》とやったほうがいいよ。」

Q

俳句《はいく》は何を示《しめ》していたのだろうか。

A

解《かい》説《せつ》

キリさんは、嶋《しま》くんたち俳句《はいく》・短歌クラブのメンバーが「ベース上からバッターに向かって」俳句《はいく》をさけんだ直後にヒットが生まれるのはぐうぜんではないと考えた。二塁《にるい》ベース上のランナーが、ピッチャーのボールを受けるキャッチャーのミットの位置を見てバッターに「次に来るボールのコース」を教える「サイン盗《ぬす》み」をやっているとにらんだのだ。

カギは、俳句《はいく》の季語にあった。「やせ蛙《がえる》負けるな一茶《いっさ》これにあり」の「蛙《かえる》」は春の季語。「旅に病《や》んで夢《ゆめ》は枯《かれ》野《の》をかけ廻《めぐ》る」＝「枯野《かれの》（冬）」。「柿《かき》食えば鐘《かね》が鳴るなり法隆寺《ほうりゅうじ》」＝「柿《かき》（秋）」。「夕立や草葉をつかむむら雀《すずめ》」＝「夕立（夏）」。**４つの季節を「高め、低め、内角、外角」に当てはめていたのだ。**嶋《しま》くんはすぐに、サイン盗《ぬす》みをやめると約束した。

正岡子規《まさおかしき》の生誕地《せいたんち》である愛媛県松山市《まつやまし》では、俳句《はいく》を投《とう》稿《こう》できる**「俳都松山俳句《はいとまつやまはいく》ポスト」**を多数設置《せっち》し、優秀《ゆうしゅう》作品を発表している。インターネットでも応募《おうぼ》できるので、興味《きょうみ》のある人は「俳句《はいく》ポスト」で検索《けんさく》してみよう。

山口県

だれが抹茶碗《まっちゃわん》を盗《ぬす》んだのか？

「こちらがどろぼうから取り返した品物です。」

室崎警部《むろざきけいぶ》が布《ぬの》をはずすと、下には茶色や灰色《はいいろ》っぽい皿や器《うつわ》がズラリと並《なら》んでいる。

「おお、ずいぶん地味……ちがう！　滋味《じみ》あふれるって言おうと思ったんですよ。」

マッキーの感想に、ギャラリー白藤庵《しらふじあん》のオーナー・白藤《しらふじ》氏はクスリと笑う。

「値打《ねう》ちのある焼き物というと、きれいな絵の陶磁器《とうじき》を思い浮《う》かべますよね。うちの専門《せんもん》は山口県伝統《でんとう》の萩焼《はぎやき》です。**萩焼《はぎやき》は土のあたたかみを活《い》かす素朴《そぼく》さが魅力《みりょく》です。**」

キリさんがうなずいた。

「いわゆる『わびさび』ってやつですね。」

「わびさび」とは、つつましく簡素《かんそ》なものに豊《ゆた》かさを見出《みいだ》す、日本特有の美意識《びいしき》だ。

そこで、室崎警部《むろざきけいぶ》がひとつせきばらいをする。

「桐久《きりひさ》さんに来てもらったのは、まだ見つかっていない器《うつわ》を捜《さが》してもらうためです。」

ギャラリー白藤庵《しらふじあん》にどろぼうが入ったのは5日前の深夜。翌朝《よくあさ》スタッフが来てみると鍵《かぎ》はこわされ、ギャラリーはからっぽになっていたのだ。

幸い、犯人《はんにん》はすぐにつかまった。犯人《はんにん》は古美術店《こびじゅつてん》に買い取ってもらおうとノコノコ出かけたのだが、古美術店《こびじゅつてん》の店主《てんしゅ》は「これほどの品を持ちこんできたのに、萩焼《はぎやき》に関する知識《ちしき》がないのは変だ」とあやしみ、警察《けいさつ》に通報《つうほう》してすぐに「お縄」となった。

「ところが、抹茶碗《まっちゃわん》がひとつないんです。それも一番の値打《ねう》ちもの。寒竜山《かんりゅうざん》という作家による江戸《えど》時代後期の作品です。」

犯人《はんにん》は「盗《ぬす》んだものはここにあるので全部だ。」と言う。

写真を見せてみると「こんな器《うつわ》はなかった。」と主張《しゅちょう》した。

「その記憶《きおく》が確《たし》かかはわかりません。でも、犯人《はんにん》の家を捜《さが》しても抹茶碗《まっちゃわん》は見つからなかったんです。ヤツは値打《ねう》ちがわからないから、どこかに隠《かく》したとも思えませんし。」

白藤《しらふじ》氏はため息をついた。

「となると……**その抹茶碗《まっちゃわん》はだれか他の人物が持ち出したのかもしれない**と？　つまり、このギャラリーに勤《つと》めているスタッフとか。」

「身内を疑《うたが》いたくないですけど、その可能性《かのうせい》はあると思うんです。」

室崎警部《むろざきけいぶ》が重々しくうなずいて口を開く。

「売り飛ばさず、自分の家に置いてながめて楽しむ。そういうタイプの人間が持ち去ったかもしれないのです。ちなみにどろぼうが入る数時間前、白藤《しらふじ》さんがギャラリーを閉《し》めて帰るとき、その抹茶碗《まっちゃわん》があったかはわからないそうです。」

キリさんはテーブルのまわりを歩きながら言った。

「犯人《はんにん》がその抹茶碗《まっちゃわん》を見ていなかったとすると、こんな仮説《かせつ》も立てられますね。スタッフのだれかが抹茶碗《まっちゃわん》をこっそり持ち帰った。そのあとにどろぼうが入った。抹茶碗《まっちゃわん》を奪《うば》った人はこれ幸い、自分の罪《つみ》をどろぼうにかぶせようとしたとか。」

室崎警部《むろざきけいぶ》は胸《むね》を張《は》って、キリさんのほうに向き直る。

「わたくしどもも同じように考えて、スタッフの家をすでに調べたんです。」

ギャラリーのスタッフは3人。作品の収集《しゅうしゅう》や調査《ちょうさ》を行う定岡美緒《さだおかみお》さん、広報《こうほう》を担当《たんとう》する赤壁文雄《あかかべふみお》さん、事務全般《じむぜんぱん》の雲田真斗《くもだまさと》さん。

「もちろん、わたしの家も調べてもらいましたよ。」

急いでつけ加えた白藤《しらふじ》氏に、キリさんがたずねる。

「白藤《しらふじ》さん。盗難事件《とうなんじけん》の前後で何か気づいたことがあれば教えてください。」

「ちょっと引っかかることがあります。犯人《はんにん》がつかまったと連絡《れんらく》が来たとき、スタッフは全員ここにいたのですぐみんなに教えたんです。みんな喜んだんですが。**赤壁《あかかべ》さんの表情《ひょうじょう》が……一瞬《いっしゅん》とまどったように見えたんです。**」

「重要な証言《しょうげん》をありがとうございます。では、ぼくもスタッフの方々の家を訪《たず》ねてみたいと思います。おっと、その抹茶碗《まっちゃわん》はどんなものですか？」

「あ、これです。」

白藤《しらふじ》氏は、抹茶碗《まっちゃわん》をいろいろな角度から撮《と》った写真を見せてくれた。ごくうすい灰《はい》色《いろ》っぽい、浅い筒形《つつがた》の茶碗《ちゃわん》。茶碗《ちゃわん》のふちや、底の「高台《こうだい》」が少々欠けている。

「ずいぶんボロ——あ、いや、風格《ふうかく》があるなぁ。複雑《ふくざつ》な色合いですね。」

マッキーはまたあわてて取りつくろう。

茶碗《ちゃわん》の底はにごった川のような緑色。内側はうっすらと茶色っぽい色だ。

「萩焼《はぎやき》に使われる土は粒《つぶ》が大きいので、焼いた後も表面に細かいヒビのようなすき間がありいます。長く使っているうちにそこに茶渋《ちゃしぶ》などがしみこんで、器《うつわ》の色が変わっていきます。これを**『萩《はぎ》の七化《ななば》け』**というんですよ。」

キリさんとマッキーは室崎警部《むろざきけいぶ》と白藤《しらふじ》氏にお供《とも》して、赤壁文雄《あかかべふみお》さんの家に来た。

「赤壁《あかかべ》さんの家はすみずみまで調べたんですがね。赤壁《あかかべ》さんと奥《おく》さんに立ち会ってもらって、それこそ冷蔵庫《れいぞうこ》から電子レンジの中までね。」

室崎警部《むろざきけいぶ》の説明を聞きながら、キリさんは一軒家《いっけんや》の庭先をながめた。

「あの犬小屋の中も調べましたか?」

「もちろん。」

毛布《もうふ》がはみ出た犬小屋の前には赤い皿とピンクの皿。フード用と水用だろう。ポッンと青いゴムボールが転がっているが、犬の姿《すがた》はない。

「室崎警部《むろざきけいぶ》が調べたとき、犬を見かけましたか?」

「いや……犬は小屋にも家の中にもいませんでしたよ。」

「赤壁夫妻《あかかべふさい》はふたり暮《ぐ》らしですよね。室崎警部《むろざきけいぶ》たちはずいぶん長い時間この家にいたのに、犬を見なかったということは……?」

「犬が茶碗《ちゃわん》をくわえて逃亡《とうぼう》したってか?」

キリさんはマッキーのほうを向いて「そうじゃない。」と言い、犬小屋を見つめた。

「寒竜山《かんりゅうざん》の抹茶碗《まっちゃわん》について、赤壁《あかかべ》さんにもう一度聞いてみる必要がありそうですよ。」

Q

からっぽの犬小屋は事件《じけん》とどう関係しているのだろうか。

A

解《かい》説《せつ》

犬を飼《か》っているのに犬がいないなら「犬をどこかに預《あず》けている」ことになる。キリさんは**「犬の預《あず》け先《さき》を、盗《ぬす》んだ抹茶碗《まっちゃわん》の隠《かく》し場所《ばしょ》として利用したのではないか」**と推理《すいり》したのである。

赤壁《あかかべ》さんは「最初は抹茶碗《まっちゃわん》を盗《ぬす》むつもりはなかった。ただ、一度家に持って帰ってみたかった。」と話した。ところが、翌日《よくじつ》、ギャラリーにどろぼうが入ったので、そのまま自分のものにしてしまおうという悪の心が芽生えたのだ。しかし、思いのほかどろぼうが早くつかまり、自分の家が調べられることになってあわてた。そこで赤壁《あかかべ》さんはペットホテルに犬を預《あず》け、「お気に入りの水飲み碗《わん》だから。」と言ってこの抹茶碗《まっちゃわん》も預《あず》けたのである。焼き物にくわしくない人からすれば、地味で古ぼけた茶碗《ちゃわん》にしか見えない。

萩焼《はぎやき》は、山口県萩市《はぎし》を中心に作られる伝統的《でんとうてき》な陶器《とうき》。厚手《あつで》でかざりけのない素朴《そぼく》な肌合《はだあ》いが特徴《とくちょう》だ。江戸《えど》時代の初め、戦国武将《ぶしょう》の毛利輝元《もうりてるもと》が朝鮮《ちょうせん》から連れ帰った職人《しょくにん》に作らせたものが原型《げんけい》となり発展《はってん》した。

福岡県

笑う船頭

キリさんとマッキーはせまい路地の壁《かべ》にぴったり背中《せなか》をつけていた。

キリさんが肩《かた》で息をしながら口を開く。

「よし、ついてきてないみたいだな。」

「ハアハア……キリさん、いきなりどうしたってんだよ？」

ついさっき、マッキーは道でハンカチを拾うと、前を行く女性《じょせい》に声をかけた。

「これ、落としましたよ。」

女性《じょせい》はクルッとふり返《かえ》り「あら、ありがとうございます。」と手を差し出した。

彼女《かのじょ》の手がマッキーに触《ふ》れそうになった瞬間《しゅんかん》、キリさんはマッキーの腕《うで》をつかんで全力でかけだしたのだ。

「あの女、見覚えがあったんだ。〈怪力乱神《かいりきらんしん》〉のメンバーだと思う。」

「ええ？　ホントかよ？」

「マッキー、人気《ひとけ》のない道では警戒《けいかい》しろよ。あと不用意に他人に接触《せっしょく》しちゃダメだ。

〈怪力乱神《かいりきらんしん》〉のメンバーなら一瞬《いっしゅん》で強力な麻酔《ますい》を注射《ちゅうしゃ》するくらいのことはやる。」

キリさんは路地からひょいと顔を出してあたりをうかがった。

かすかな風に柳《やなぎ》の葉がそよぐ——ここは「柳川《やながわ》の川下り」で有名な観光スポットである。笠《かさ》をかぶった船頭さんが竿《さお》一本で小舟《こぶね》をこいでいく情景《じょうけい》は平和そのものだ。

「キリさん、オレらもいっちょ川下りとしゃれこむか？」

「そうするか。」

マッキーは、あっさりキリさんが乗ってきたので驚《おどろ》いた。

「いいかげん走《はし》り疲《つか》れたしちょっとひと休みだ。オレ、高校の修学旅行《しゅうがくりょこう》で乗ったことあるんだよ。船頭さんが北原白秋《きたはらはくしゅう》の詩とか短歌を暗誦《あんしょう》してさ。」

「北原白秋《きたはらはくしゅう》？　さっき『白秋《はくしゅう》まんじゅう』ってのぼりを見たけど。有名人？」

「詩人で歌人。教科書にも載《の》ってたろ？　川下りの終点近くに白秋《はくしゅう》の生家を使った記念館もある。この辺の大スターだ。白秋《はくしゅう》にくわしくないと船頭はつとまらないね。」

「ふーん。なんかもうちょっとおもしろいネタないの？」

「そういえば船頭さんの橋越《はしご》えジャンプは拍手喝采《はくしゅかっさい》だったな。」

「橋越《はしご》えジャンプって？」

「舟《ふね》が橋の下を通るとき、船頭さんが竿《さお》を川底について、橋の上に飛び上がる。で、舟《ふね》が橋の下を通過《つうか》したら舟《ふね》に飛び下りる。低い橋ならできる人、多いみたいだよ。」

「へえ。しかし、ずいぶん曲がりくねった川だねぇ。」

マッキーは川下りの案内地図の看板《かんばん》を見ながら不思議そうに言う。

「これは川じゃない。人工的に造《つく》られた水路だ。」

「え、柳川《やながわ》っていう川だと思ってたよ。」

「柳川《やながわ》は土地の名前。この水路は柳川城《やながわじょう》のまわりにはりめぐらされたお堀《ほり》なんだ。」

そうこう言っているうちに、乗り場にすーっと小舟《こぶね》がやってきた。

「おふたりですか？　予約が入ってないので今なら貸し切《かき》りですよ。」

カラフルなひもをあしらったすげ笠《がさ》をかぶった女性《じょせい》の船頭さんが声をかける。

「へえ、ラッキーだな。じゃ、お願いします。」

キリさんとマッキーが舟《ふね》に乗りこむと、船頭さんはさっそく舟《ふね》をこぎ出した。

「水郷柳川《すいごうやながわ》の川下りのご利用ありがとうございます。景色を楽しみながらのんびりとしたひとときをお過《す》ごしくださいね。あちらに見えます『松月文人館《しょうげつぶんじんかん》』は北原白秋《きたはらはくしゅう》の詩にもうたわれた明治中期の建物です。」

船頭さんの説明にマッキーは笑顔《えがお》で応《おう》じる。

「へぇ〜そうなんだ。」

マッキーは女性《じょせい》船頭とおしゃべりしたかったが、話が続かず水路を見渡《みわた》す。

「あれ、なんだ？」

マッキーは水路脇《すいろわき》に手をのばし、木の根元に引っかかっていた1冊《さつ》のノートをつかんだ。タテ書きの国語ノートである。

「落とし物っぽいな。学生のかな？」

インクが流れて字が読めないが、表紙には名前が書かれた形跡《けいせき》がある。

マッキーはビショビショのページが破《やぶ》れないように注意しながらそっと表紙をめくった。かろうじて読めるのはページの上のほうのごく一部だけ。

「……手がかりが少ないな。キリさんはノートの持ち主はどんな子だと考える？」

マッキーが差し出すノートをキリさんがのぞきこむ。

水馬赤い・・・・・
浮藻・・・・

柿・・・
啄木・・・・
大角豆・・・・
その魚・・・・

「うーん。理科のノートならヨコ書きのノートを使うのがふつうだよな。藻《も》だの、柿《かき》だの脈絡《みゃくらく》がないとこを見ると、目についた生物をメモしただけかも？」

「っていうか『水馬』ってなんだ？」

「これは『あめんぼ』って読むんだよ。」

「『大角豆』は？」

「『ささげ』。小豆《あずき》に似《に》てる豆だよ。」

大角豆《ささげ》と小豆《あずき》はマメ科ササゲ属《ぞく》の仲間である。

「大角豆《ささげ》は、小豆《あずき》に比《くら》べて黒っぽい。皮が固くて破《やぶ》れにくいから赤飯に使われる。」

「これがホントの豆知識《まめちしき》ってか！　しかし『啄木《たくぼく》』が謎《なぞ》だよなぁ。なんで石川啄木《いしかわたくぼく》がここに出てくるわけ？　人間も生物の仲間だからいいのか？」

「雑《ざっ》すぎだろ！　何か別の意味があるはずだ。えーと、あ、もしかして……？」

船頭さんはふたりのやりとりにクスクス笑う。

「船頭さんはこれ、なんのことだかわかりますか？」

船頭さんは竿《さお》を片手《かたて》に預《あず》け、ノートを受け取ってしげしげとながめる。

「わたしにはさっぱりわかりませんねぇ。」

船頭さんはノートを返そうとするが、キリさんは手を出さない。そして、3つせきばらいをした。「何かやる気だな」とマッキーが身がまえた瞬間《しゅんかん》――キリさんは船頭さんからすばやく竿《さお》を奪《うば》い、棒高跳《ぼうたかと》びの要領《ようりょう》で橋に飛び上がったのだ。

「マッキー、早く！」

夢中《むちゅう》で橋に飛びついたマッキーをキリさんが橋の上に引っぱり上げる。それからふたりはまたまた転がるようにかけていった。

Q　キリさんはノートの言葉の意味に思《おも》い至《いた》り、それを船頭さんが知らないのはおかしいと思った。なぜか。

A

解説《かいせつ》

キリさんは、これは生物に関する記録ではなく、有名な詩だと気づいた。ノートに並《なら》んだ言葉は、北原白秋《きたはらはくしゅう》の「五十音」という詩の最初の部分だったのだ。

「水馬《あめんぼ》赤いな。ア、イ、ウ、エ、オ。浮藻《うきも》に小蝦《こえび》もおよいでる。柿《かき》の木、栗《くり》の木。カ、キ、ク、ケ、コ。啄木鳥《きつつき》こつこつ、枯《か》れけやき。大角豆《ささげ》に醋《す》をかけ、サ、シ、ス、セ、ソ。その魚《うお》浅瀬《あさせ》で刺《さ》しました。」以下、まだまだ続く。「啄木《たくぼく》」の正体は「啄木鳥《きつつき》」の初めの2文字だったのだ。ちなみに石川啄木《いしかわたくぼく》（歌人・詩人）がペンネームを啄木《たくぼく》としたのは、病院で療養中《りょうようちゅう》に外から聞こえてきたキツツキが木をつつく音に心を慰《なぐさ》められたからといわれる。

「五十音」は、よく演劇部《えんげきぶ》やアナウンサーの発声練習に使われており、広く知られている。特に1節目の「水馬《あめんぼ》赤いな。ア、イ、ウ、エ、オ。」は超《ちょう》有名。柳川《やながわ》の船頭ならこんなメジャーな作品は知っていて当たり前のはず。それでキリさんは彼女《かのじょ》を疑《うたが》ったのだ。女性《じょせい》船頭に化けた〈怪力乱神《かいりきらんしん》〉のメンバーはあとから仲間と合流する手はずになっていたが、ふたりを取《と》り逃《に》がしてぼうぜんとしたのである。

大分県

温泉《おんせん》がいっぱい

「あ〜、いい湯だった。真っ昼間から露天風呂《ろてんぶろ》なんてぜいたくだな。生き返ったよ。」

「いきいきつやつや温泉《おんせん》ランド」から出てきたマッキーは青い空を見上げた。

「温泉《おんせん》につかってると考えごとがはかどるな。」

「はぁ？　キリさんも温泉《おんせん》に来たときくらい頭をからっぽにすりゃいいのに。」

「頭をからっぽにするって……どうやるんだ？」

マッキーはため息をついた。考えるのが好きで、リラックスなどとは無縁《むえん》のキリさんと、これ以上話してもかみ合いそうにない。マッキーは話題を変えた。

「しかし、温泉《おんせん》の湯って種類がたくさんあるんだなぁ。オレ、にごり湯は初めてだったよ。いろんな湯を試《ため》してみたいね。」

そこでマッキーは目をパチクリさせた。必死に走ってくる人たちがいる。

「キリさん。ここってよっぽど人気の湯らしいな。」

しかし、その人たちは先を争って温泉《おんせん》に入ろうとしているのではなかった。先頭を

走っていた女性《じょせい》はキリさんに気づくと夢中《むちゅう》でさけんだのだ。

「あなた、探偵《たんてい》ですよね!? 助けてください!」

キリさんに話しかけた犬丸《いぬまる》さんは、温泉《おんせん》ランドのそばにある「さしより温泉《おんせん》」の従業員《じゅうぎょういん》。「さしより」とはこのあたりの方言で「とりあえず」という意味だ。

「このお客さんがおさいふを盗《ぬす》まれたんです。」と、犬丸《いぬまる》さんが横の太ったおじさんを紹介《しょうかい》した。おじさんは息を切らしながら状況《じょうきょう》を説明する。

「服やさいふを入れたカゴを床《ゆか》に置いて、トイレに行ったんですよ。もどってきたら、さいふがなくなってる。『さいふがなくなった!』ってどなったら……。」

次に口を開いたのは、バイトの根上《ねがみ》くんという大学生だ。

「ぼくは床《ゆか》そうじをしてて。声と同時にドタドタ床《ゆか》を走る音がしたんです。それがどろぼうだと思うんですが、顔は見ていません。ついたての下から、かけていく男のひざ下だけ見たんです。すねに大きなキズあとがあったのをはっきり見ました。」

犬丸《いぬまる》さんが続ける。

「わたしは受付の奥《おく》の事務室《じむしつ》にいて。根上《ねがみ》くんが『どろぼうだ。』って言いながら走ってきたので、いっしょに飛び出したんです。」

犬丸《いぬまる》さん、根上《ねがみ》くん、被害者《ひがいしゃ》のおじさんはそろってかけだし——遠目に犯人《はんにん》の後《うし》ろ姿《すがた》を見た。

その男が「いきいきつやつや温泉《おんせん》ランド」に入っていったのは確《たし》かだという。

「要は、すねに大きなキズがある男を捜《さが》せばいいわけですね。」

キリさんがみんなを見回すと、マッキーが待ちかまえていたように言う。

「これがホントの『**すねにキズ持つ身（悪事を隠《かく》していることのたとえ）**』だな。」

いつの間にかキリさんたちのまわりには不穏《ふおん》な空気を察知した人たちが集まっていた。人の輪からひとりの青年が一歩前に出る。

「すねにキズがある男の人なら、この温泉《おんせん》ランドのお湯につかってましたよ。温泉《おんせん》の中でふっと見たらとなりの人が横座《よこずわ》りしてて。大きなキズが見えちゃったんです。じろじろ見ちゃ失礼だからすぐ目をそらしたんで、顔は見てないんですが。」

一同は、この証言《しょうげん》にどよめいた。キリさんは青年に笑顔《えがお》を向けて腕《うで》をつかむ。

「もっとくわしい話を聞かせてくれないかな？」

Q

キリさんはこの青年が犯人《はんにん》だと考えたようだ。それはなぜか。

A
解説《かいせつ》

青年の「温泉《おんせん》の中ですねに大きなキズがある人を見た」という証言《しょうげん》がウソだと気づいたからだ。キリさんたちが入浴をすませた「いきいきつやつや温泉《おんせん》ランド」の湯は、不透明《ふとうめい》な「にごり湯《ゆ》」だった。**お湯の中はまったく見えないので、すねのキズが見えたはずはない**。温泉《おんせん》と一口にいっても、湯にふくまれる成分によって色やにおい、効能《こうのう》もそれぞれちがうのだ。

青年は旅行者で、無防備《むぼうび》に置かれているさいふを見てつい魔《ま》がさしてしまったという。温泉施設《おんせんしせつ》に入ったと思わせて敷地内《しきちない》をウロウロし、追っ手の様子を探《さぐ》りつつ逃《に》げ出《だ》そうと考えていたのである。

大分県は火山が多く、温泉《おんせん》がわき出る源泉《げんせん》の数もわき出る湯の量も日本一。『おんせん県』と呼《よ》ばれている。別府《べっぷ》や湯布院《ゆふいん》などの温泉地《おんせんち》が有名だ。

宮崎県

さまようマッキー

知らない町から知らない町へ。飛びこんできた依頼《いらい》に応《おう》じたり、警察《けいさつ》にかり出されて事件《じけん》に挑《いど》んだり。あるいはぐうぜん謎《なぞ》に遭遇《そうぐう》してしまうこともあるが、探偵《たんてい》にだって休日は必要である。そもそも今日は特に予定もなく、キャンピングカーの中でふたりが目を覚ましたのはお昼近かった。

買ってあったパンをもそもそ食べながら、キリさんは唐突《とうとつ》に宣言《せんげん》したのだ。

「今日は休み。以後、自由行動ってことで。じゃ、解散《かいさん》！」

キリさんは推理《すいり》小説の文庫本を開いて横になった。いつ買ったのか、テーブルの上には数冊《すうさつ》が積み上がっている。今日は読書ざんまいと決めたらしい。

そんなわけで、マッキーはとりあえず外に出てぶらぶら歩きだしたのである。

(でも、特に行きたいとこもないしなぁ。)

一応《いちおう》スマホで宮崎の名所などを調べてみたものの……。

(えー、断崖《だんがい》がそびえる**高千穂《たかちほ》峡《きょう》**ねぇ。そういう危《あぶ》なそうなとこはいいや。それに遠すぎて無理。青島《あおしま》の**「鬼《おに》の洗濯板《せんたくいた》」**は行けなくもないけど、わざわざひとりで行く気もしないよなぁ。)

「鬼《おに》の洗濯板《せんたくいた》」とは、青島《あおしま》をとりまくギザギザの岩である。

宮崎県には日本神話にゆかりのある神社が多いが、それも今ひとつそそられない。

(あ、宮崎で有名なものっていえばチキン南蛮《なんばん》だよな!)

やっぱりマッキーは食い気なのである。

やがて、にぎやかな商店街にやってきたマッキーは、おいしいチキン南蛮《なんばん》にありついた。チキン南蛮《なんばん》は衣《ころも》をつけて揚《あ》げた鶏《とり》の胸肉《むねにく》を甘酢《あまず》だれにつけ、タルタルソースをたっぷりかけた料理である。

「あー、うまかった!」

マッキーは満足して店を出た。さすがは本場。チキン南蛮《なんばん》を出すお店が多い。

マッキーは、ふとキリさんにチキン南蛮弁当《なんばんべんとう》を買っていってやろうと思いついた。

どこで買おうか考えながら路地で缶《かん》コーヒーを買ってその場で飲んでいると、足元にねこがまとわりついてきた。マッキーがしゃがみこむと、ねこは人なつこく、マッキーの差し出した手をペロリとなめる。

「チキンのにおいに反応《はんのう》してんの？　悪いけど食べ物は持ってないんだよ。」

ねこ相手に話しかけていると、頭の上からこんな会話が聞こえてきた。

「そういえばさぁ、『チキン南蛮天国《なんばんてんごく》』のミユちゃんが、もう3日も来てないらしいぜ。心配だよな。」

「へぇ。看板娘《かんばんむすめ》なのにどうしたんだろ？」

「え？　オレ、ゴンゾウが『ひみつ基地《きち》』の前でミユちゃんといっしょにいるとこ、見たぜ。」

ジュースを飲みながら話をしていたのは3人の制服姿《せいふくすがた》の男子――中学生くらいか。

マッキーがきびしい目つきで見ると、男子たちはそそくさと立ち去ってしまった。

マッキーは今の会話に事件《じけん》のにおいをかぎとった。

「ゴンゾウなるおっさんがチキン南蛮屋《なんばんや》の看板娘《かんばんむすめ》、ミユちゃんを監禁《かんきん》か!?」というフレーズが頭の中をかけめぐる。

しかも「ひみつ基地《きち》」という言葉にはなんだか覚えがあった。

（あ、そうだ！）

商店街のメインストリートにたどりつけず、裏通《うらどお》りを歩き回っていたとき、マッキーは確《たし》かに「ひみつ基地《きち》」という店の看板《かんばん》を見たのだ。

やってるんだかやってないんだかわからないようなボロっちい店がごちゃごちゃ立《た》ち並《なら》ぶ、よくある裏通《うらどお》りだった。

（フッ、やれやれ。オレも助手とはいえ探偵稼業《たんていかぎょう》が長いからなぁ。キリさんと同じく、事件《じけん》のほうがオレをほっといてくれないらしい。せっかくの休日だってのに悲しい運命だぜ。）

マッキーはニヒルな笑《え》みを浮《う》かべると、空になった缶《かん》をゴミ箱につっこんだ。

（よし、まずは現場《げんば》をチェックしてみるか。）

小さな店が並《なら》ぶ裏通《うらどお》りはひっそりとしていた。夜から開く飲み屋が多いのだろう。

（あ、あれだ！）

マッキーはすぐに「ひみつ基地《きち》」の看板《かんばん》を見つけた。木の扉《とびら》の前に近づき――さて、これからどうしたものかと考えていると。

突然《とつぜん》、その扉《とびら》が開き、小柄《こがら》なおじいさんと若《わか》い女の子が言いあいながら飛び出してきた。もつれあって倒《たお》れたふたりを見て、マッキーはおじいさんに飛びかかる。

「おまえがゴンゾウだな？　おとなしくしろ！」

スナック魁
スナック愛

するとおじいさんはマッキーを見上げて言った。

「ゴンゾウ？　オレはそんな名前じゃない！　なんでもいいけど助けてくれよ！」

「え？　ゴンゾウじゃない？　助けてってどういう意味？」

マッキーがポカンとしていると、女の子はサッと立ち上がって走り去った。


そのおじいさんはゴンゾウではなく、女の子もミユちゃんではなかった。おじいさんは、この「ひみつ基地《きち》」という飲み屋に借金をしていた。ところが、この店の経営《けいえい》者《しゃ》がとんでもない悪人だった。法外な利息をつけ、もとの借金の10倍ものお金を要求した。

そして、「家族か親類に金を持ってこさせろ」とおどして、おじいさんを店の奥《おく》に監禁《かんきん》したのだ。おじいさんはしばられていたが、見張《みは》りが女の子だけになったスキをついて縄をとき、逃《に》げ出《だ》そうとしたのだった。

「いやぁ、お手柄《てがら》でしたね。」

警察官《けいさつかん》とおじいさんに感謝《かんしゃ》されながら裏通《うらどお》りをあとにしたマッキーだが、ややスッキリしない気分である。気がつけば、日がかたむきかけていた。すっかり気疲《きづか》れしたマッキーは、もう〈ミユちゃん〉の捜索《そうさく》に興味《きょうみ》がなくなっていた。

（弁当《べんとう》買って帰るかぁ。）

そう思って商店街のほうに歩き始めると、マッキーの横を走りぬけた小学生が**「ゴンゾウ～！　ひみつ基地《きち》、いっしょに行こうぜ！」**とどなった。

マッキーは、足を止めてこっちをふり返った少年を見つめた。

「きみ、ゴンゾウっていうの？」

「そうだけど、何？」

少年は警戒《けいかい》した顔つきでマッキーを見返す。

いきなり知らない大人に名前を聞かれたときの態度《たいど》としてはごく当たり前だ。

「いや、ごめんね、なんでもない。」

マッキーは足早に少年を追いこした。

この瞬間《しゅんかん》、真相はなんだったか、うすうす察したのである。

この小学生こそゴンゾウであった。ことの真相を推理《すいり》してほしい。

A
解説《かいせつ》

マッキーはキリさんへのおみやげを買いがてら「チキン南蛮天国《なんばんてんごく》」なる店を探《さが》し当《あ》てた。聞いてみると、**看板《かんばん》娘《むすめ》のミユちゃんとは人間の女の子ではなく、のらねこだった**とわかったのだ。ミユちゃんは商店街の中でも「チキン南蛮天国《なんばんてんごく》」の店頭が一番お気に入りだったというわけ。さて、近所に住む小学生のゴンゾウくんはミユちゃんが大好きで、自分で飼《か》いたいと思っていた。だが、親に「飼《か》ってもいいか？」と言い出せず、友人と作ったひみつ基地《きち》に連れていって住まわせていたのである。

チキン南蛮《なんばん》の「南蛮《なんばん》」は「南蛮《なんばん》文化」のことで、これは戦国時代のころに日本を訪《おとず》れたポルトガル人やスペイン人などが伝えた西洋文化を示《しめ》す。もともと、揚《あ》げたアジなどの魚を甘酢《あまず》にひたした料理を「南蛮《なんばん》づけ」と呼《よ》んでいたのだが、昭和30年代に宮崎県の洋食店で店員向けの食事として作られていた、唐揚《からあ》げを甘酢《あまず》につけた料理がチキン南蛮《なんばん》の始まりといわれる。宮崎県は養鶏《ようけい》が盛《さか》んで「みやざき地頭鶏《じとっこ》」というブランド地鶏《じどり》が有名だ。

鹿児島県

灰《はい》の中の失策《しっさく》

「つまり、この物置の前もすっかりはきそうじをしちゃったんですか？」

岩畑警部《いわはたけいぶ》が絶望的《ぜつぼうてき》な声を上げ、キリさんとマッキーは顔を見合わせた。

淀屋《よどや》家の通いのメイドである真鈴《まりん》さんは、キョトンとしている。

「はい。灰《はい》が降《ふ》った次の日は、朝食前にはきそうじすることに決まってますもん。」

鹿児島では「灰《はい》が降《ふ》る」のは日常茶飯事《にちじょうさはんじ》。噴火《ふんか》活動が続く活火山、桜島《さくらじま》は日々、全国ニュースにはならない程度《ていど》の小さな噴火《ふんか》をくり返し、灰《はい》を降《ふ》らせる。

なんと年に1000回近くは噴火《ふんか》しているという。

「だんな様と奥様《おくさま》は去年東京から越《こ》してきたばっかりですから、灰《はい》に慣《な》れてないんですよ。特に奥様《おくさま》は神経質《しんけいしつ》っていうか、えっと、かなりきれい好きで。窓《まど》のふちに指をすべらせて『真鈴《まりん》さん、こんなに汚《よご》れてるわよ。』なんて言うんですよ。」

「そういう人、ドラマで見たことあるけど実在《じつざい》するんだ！」

マッキーがおおげさに驚《おどろ》いたので、真鈴《まりん》さんは満足そうだ。

「灰《はい》は細かいから窓《まど》を閉《し》めててもすきまから入ってきちゃうんですよね。だから、庭も物置のまわりもしっかりはきそうじすることになってて。」

真鈴《まりん》さんは明るく笑った。岩畑警部《いわはたけいぶ》もつられて苦笑《くしょう》する。

「どろぼうがこの物置に侵入《しんにゅう》したのは、きのうの夜中のはずでしてね。犯人《はんにん》の靴跡《くつあと》が残っていれば重要な証拠《しょうこ》になったんですが。」

淀屋夫妻《よどやふさい》が住む豪邸《ごうてい》の一角にある物置から高価《こうか》なゴルフクラブのセットが盗《ぬす》まれたと通報《つうほう》があったのは今朝のこと。淀屋《よどや》氏によれば、昨晩《さくばん》10時ごろ物置に入ったときにはまだあったという。なくなっているのに気づいたのは今朝の9時ごろ。朝食後、庭で素振《すぶ》りをしようと思って物置に行ったらこつぜんと消えていたのである。

「あたし、よく奥様《おくさま》に『そうじが雑《ざつ》だ。』って言われるんです。だから、靴跡《くつあと》が残ってるってことはないですか？」

「ざっとでも地面をほうきではいたら無理だね。湿《しめ》った地面ならともかく。」

キリさんが言うと、真鈴《まりん》さんはパチンと自分のほおをたたく。

「あたしのせいで手がかりがなくなったなんてくやしいなぁ。」

「まだ、物置を調べてみないとわかりませんよ。」

キリさんは真鈴《まりん》さんを慰《なぐさ》めるように言って、物置に向かった。きれい好きな淀屋《よどや》夫人は物置にまでスリッパを用意していた。物置の床《ゆか》がきれいなので、どろぼうも靴《くつ》をぬいで上がったのだろう。床《ゆか》に靴跡《くつあと》はなかった。

キリさんは注意深くあたりを見渡《みわた》した。高さ2メートルほどのスチールラックがコの字形に並《なら》び、ふたつきのプラスチックのコンテナが整然と積まれている。

「ここの床《ゆか》もきのうの夕食後にぞうきんでふいたんです。奥様《おくさま》に言われて。**鹿児島の人は『てげてげ』だから、ふつうは物置の中に積もった灰なんて気にしませんけど。**」

「『てげてげ』って？」

キリさんが聞き返すと、真鈴《まりん》さんはいたずらっぽく舌《した》を出す。

「方言で『適当《てきとう》』って意味です。」

「そうですか。うん……『てげてげ』でいいと思いますよ。**『てげてげ』のおかげで手がかりが見つかるかもしれないから。**」

キリさんは自信ありげに言った。

Q

キリさんはなぜ手がかりが見つかると考えたのだろうか。

A

解説《かいせつ》

靴《くつ》をぬいで上がったとすると、どろぼうはその靴《くつ》をどこに置いたのか。物置の外に置いたら、人に見つかる危《き》険《けん》があるのでそんなことはしないだろう。しかし、物置の中を物色するときに靴《くつ》を手に持ったままとは考えにくい。短時間で仕事をすませて去らなければならないからだ。

キリさんは脚立《きゃたつ》に乗ってスチールラックの上のコンテナを調べ、コンテナの上に靴跡《くつあと》を見つけた。どろぼうはぬいだ靴《くつ》をひょいとコンテナの上にのせて作業をしたのだ。コンテナの上に灰《はい》やホコリがうっすら積もっていたおかげである。靴跡《くつあと》が重要な証拠《しょうこ》となって犯人《はんにん》が逮捕《たいほ》され、真鈴《まりん》さんは大喜《おおよろこ》びした。

鹿児島の人たちは、灰《はい》をあまり気にしていないという。灰《はい》が降《ふ》る日は服や髪《かみ》が汚《よご》れるなど困《こま》ることもあるが、噴煙《ふんえん》をふき上げる桜島《さくらじま》は鹿児島のシンボルとして愛されているのだ。

熊本県

赤い野菜の収穫《しゅうかく》

「とれたてのトマトってうまいんだなぁ！」

「さすがは日本一のトマトの生産地！」

キリさんとマッキーはみずみずしいトマトにかぶりついて歓声《かんせい》を上げた。道に迷《まよ》ったふたりは広い農園にまぎれこんでいた。のどがかわいたが、自動販売機《はんばいき》もない。弱りきって畑の中のおばさんに話しかけたら、彼女《かのじょ》はトマトをもぎってくれたのだ。

「冷たいお茶もあげようね。」

おばさんはリュックの中から大きな水筒《すいとう》を出す。近くに生えている大きなサトイモの葉を摘《つ》み取《と》ると、器用に丸めてコップをこしらえた。キリさんたちは目をみはる。

「へぇ〜、うまいもんですねぇ。」

「だれだってできるよ。あんたたち、都会のおぼっちゃんって感じだもんね。」

「はぁ、返す言葉もありません。ええと、トマトの代金を払《はら》いたいんですが。」

キリさんがさいふを出そうとすると、おばさんは手を振《ふ》った。

「いいよ。あたしは素人《しろうと》なんだから。ここは貸《か》し農園なんだよ。」

「そうですか。でも、ホントに助かりました。」

「行《い》き倒《だお》れるかと思ったもんね。」

マッキーが言うと、おばさんは明るく言った。

「行《い》き倒《だお》れられちゃ、こっちも迷惑《めいわく》だからね！」

ついでにおばさんに道をたずねていると、小学生らしき男の子が3人ばかり通りかかった。おばさんは少年たちに声をかけた。

「きのうはありがとうね。助かったよ。」

一番背《せ》の高い子がグリーンのキャップを取って礼儀正《れいぎただ》しく頭を下げる。

「また困《こま》ったら言ってね。毎度ありっ！」

少年たちはトマトの葉を食《く》い荒《あ》らす害虫、ニジュウヤホシテントウをつかまえるバイトをしているそうだ。バイト料は1匹《ぴき》2円。50匹《ぴき》なら100円になる。

「虫よけの薬は使いたくないから助かるのよ。週1回くらい頼《たの》んでるね。」

「へぇ、それで、あの子たち、ご用聞きして回ってるわけですね？」

キリさんは、少年たちが少しはなれた区画の畑に座《すわ》りこんでいるのをながめた。

「お金を払《はら》うってのはあたしから持ちかけたんだ。でも、あの子たち感心なんだよ。よそで『お金は払《はら》わない。』って言われたらタダで虫とりするんだって。」

「え、じゃあおばさんもタダでやってもらえばいいじゃないですか?」

「いいの、あたしが払《はら》いたいんだから。」

「本当にいい人だなぁ。」

キリさんとマッキーは畑の中の一本道を歩いた。

ふと見ると、さっきの少年たちが手にビニール袋《ぶくろ》をさげて前を歩いている。

「もうトマトを育ててるとこは回りつくしたんじゃないかな。」

「ニジュウヤホシってナスとかジャガイモにもつくんだよ。そこ行ってみるか。」

彼《かれ》らのしゃべり声を聞きながら、キリさんはふと足を止めた。それからおもむろに、グリーン帽《ぼう》の少年の肩《かた》をポンとたたく。少年に、キリさんは話しかけた。

「ちょっといいかな。まちがってたら悪いけど……忠告《ちゅうこく》したほうがいいと思ってね。」

Q キリさんは少年たちにどんな忠告《ちゅうこく》をするつもりなのだろうか。

A
解《かい》説《せつ》

キリさんは、少年たちのしゃべっている内容《ないよう》に違和感《いわかん》を覚えた。彼《かれ》らは、もうトマトを育てている畑は回りつくしたので、これからはナスやジャガイモの畑でニジュウヤホシテントウをとろうと話していた。しかし、あの親切なおばさんのところでは複数回《ふくすうかい》「バイト」をしているはずだ。

キリさんは、彼《かれ》らがよその畑で「無料で」とったニジュウヤホシテントウをおばさんの畑に放ち、バイト料をせしめているのではないかと推理《すいり》したのだ。少年たちは図星を指されてあわて、キリさんに「規模《きぼ》は小さくても犯罪《はんざい》だ」と説かれると「二度とやらない」と誓《ちか》ったのである。

オレンジ色の体に28個《こ》の黒い斑点《はんてん》があるニジュウヤホシテントウはトマトなどの葉を食《く》い荒《あ》らす害虫。短い毛がびっしり生えていてツヤがないのが特徴《とくちょう》だ。一方、ナナホシテントウやナミテントウなどは肉食で、アブラムシを食べてくれる益虫《えきちゅう》である。

佐賀県

まるで鯉《こい》のような

キリさんとマッキーは無言で真っ白な滝《たき》のしぶきを浴びていた。

「いやぁ、気持ちいいな。」

マッキーがつぶやくと、キリさんもうなずく。

「滝《たき》の水しぶきや音は心身をリラックスさせるっていうけど、ホントだな。」

「そう、なんだか心が洗《あら》われるようだ。」

「だな。いい機会だ、マッキーはしっかりきれいに洗《あら》い流《なが》したほうがいい。」

「ちぇっ、いちいちイヤミだなぁ。」

ここは佐賀県小城市《おぎし》にある**清水《きよみず》の滝《たき》**。75メートルの高さから清流が流れ落ちるさまは圧巻《あっかん》だ。立ちつくしていたふたりは、軽くおじぎをするときびすを返した。清水《きよみず》の滝《たき》の荘厳《そうごん》な雰囲気《ふんいき》、その存在感《そんざいかん》に自然と一礼する気持ちになったのである。

「さて、どこかで昼飯を食ってから移動《いどう》するか。」

飲食店が軒《のき》を連ねる通りに出ると、チラシを配る若《わか》い女性が声をかけてきた。

「よかったらうちへどうぞ。お昼の定食、まだやってますよ。」

キリさんはチラシをながめた。

「鯉《こい》のあらい定食か。あらいってなんだっけ？」

「お刺身《さしみ》のことです。」

「鯉《こい》って刺身《さしみ》で食べられるの？　なんか、くさみがあるんじゃなかったっけ？」

「お客さん、遠くから来たんでしょ。この辺の鯉《こい》はきれいな水でしっかりドロをぬいてるからくさみなんてないの。小城市《おぎし》の鯉料理《こいりょうり》っていったら有名なんですからね。」

マッキーは快活《かいかつ》にしゃべる女の子にぼうっと見とれている。

「へぇ、そうなのかぁ。いいね。キリさん、ここで食べようよ。」

ランチタイムが終わる時間で、店内は空《す》いていた。

それをいいことに、マッキーは女の子にいちいち話しかけている。

「優花《ゆうか》さんかぁ。鯉《こい》のあらいがきっかけで恋《こい》の花が咲《さ》くこともあったりして。」

しかし、優花《ゆうか》さんはこういうお客のあしらいに慣《な》れているようだ。

「残念でした。わたし、男の人のルックスにはこだわりがあるのよね。」

「ま、ふつうの女の子はみんなイケメンが好きだよな。」

「決めつけないでよね。別にイケメン好きじゃないよ。好きなタイプはあるけど。」

「どんな顔が好きなの？」

「武田信玄《たけだしんげん》と織田信長《おだのぶなが》。あと東郷平八郎《とうごうへいはちろう》とか。」

「シブ好みだなぁ。どういう基準《きじゅん》なんだよ。」

マッキーの横で、キリさんはご飯茶碗《はんぢゃわん》を置いた。何かわかったようである。

「じゃあ、たとえばチャップリンは？」

優花《ゆうか》さんはちょっと考えてから言った。

「チャップリンは……惜《お》しいけど、ちがうわね。」

その答えに、キリさんはいかにも納得《なっとく》という顔でうなずいた。

「よく知ってるね。つまり鮒《ふな》はダメで鯉《こい》が好きなんだろうね？」

「大正解《だいせいかい》！」

優花《ゆうか》さんがふざけてキリさんの頭をなでたので、マッキーはうらやましそうな顔をした。

Q 優花《ゆうか》さんの好きな男性《だんせい》のルックスの条件《じょうけん》とはなんだろうか。

A

解説《かいせつ》

答えは**「ヒゲがあること」**。鯉《こい》と鮒《ふな》は同じ川魚だが、鮒《ふな》にはヒゲがない。武田信玄《たけだしんげん》、織田信長《おだのぶなが》、東郷平八郎《とうごうへいはちろう》はいずれも口ヒゲが印象的《いんしょうてき》な偉人《いじん》だ。「喜劇王《きげきおう》」と呼《よ》ばれるチャップリンはちょびヒゲがトレードマークだが、じつはつけヒゲなのである。

鯉《こい》はイトミミズや水草などを食べるときに、ドロの中に口をつっこんでドロごと吸《す》いこんでいる。料理する前には、1〜2週間ほどきれいな水の中で泳がせ、ドロを吐《は》かせないとくさみが強くて食べられないという。佐賀県小城市《おぎし》の鯉料理《こいりょうり》はひと味ちがう。**清水《きよみず》の滝《たき》の水が流れこむ清水川《きよみずがわ》は環境省《かんきょうしょう》の名水百選に選ばれている**。冷たい名水に1〜2か月さらした鯉《こい》は身が引きしまり、くさみもなくお刺身《さしみ》も絶品《ぜっぴん》なのだ。みそ汁《しる》で鯉《こい》を煮《に》た「鯉《こい》こく」も名物である。

沖縄県

桐久廉太郎《きりひされんたろう》の狼狽《ろうばい》

「沖縄で男ふたり連れって目立つと思ってたけど、そうでもないんだな。」

「キリさん、そんな心配してたのか。いまだにリゾート地に昔の新婚《しんこん》旅行みたいなイメージ持ってるのかよ？　西表島《いりおもてじま》はアウトドア好きに人気だぜ。ビーチも川も滝《たき》もあるし山登りもできるし、めずらしい動物を探《さが》すツアーもあるし。」

リゾートホテルのソファーに飛び乗り、マッキーはまくしたてた。

ここは沖縄本島から400キロメートルほどはなれた西表島《いりおもてじま》。

島のほとんどがジャングルで、川辺に広がるマングローブの原生林が有名だ。豊《ゆた》かな大自然が残され、特別天然記念物に指定された**イリオモテヤマネコ**や**カンムリワシ**などの希少な動物が生息する。

「荒田《あらた》警視《けいし》が着くまでまだ時間がある。連絡《れんらく》があるまでひと休みしておくかな。」

キリさんはベッドに寝転《ねころ》がった。

そう、ふたりは観光に来たわけではない。

少々ケチなキリさんが高級感のあるホテルに宿をとったのも、警察《けいさつ》が宿泊費《しゅくはくひ》を出してくれるからである。

「西表島《いりおもてじま》で大きな取引が行われるという情報《じょうほう》が入った。現場《げんば》を押《お》さえたいので協力してほしい。」

キリさん、マッキーが西表島《いりおもてじま》に乗りこんだのは、警察《けいさつ》からこうした要請《ようせい》を受けたためだ。

取り引きされるのは法律《ほうりつ》に違反《いはん》する輸入品《ゆにゅうひん》か、海外の美術館《びじゅつかん》から消えた盗難品《とうなんひん》か、あるいはニセ札ともいわれている。

ともかくヤバいものが大量に取り引きされることは確《たし》からしい。

東京の荒田警視《あらたけいし》がこの情報《じょうほう》をキャッチしたのは、ほんの3日ほど前。

荒田警視《あらたけいし》は、キリさんが「仕事を受ける」と返事すると、たいそうていねいに感謝《かんしゃ》の言葉をのべた。

「桐久《きりひさ》くん、ありがとう。当日はわたしも西表島《いりおもてじま》に入るよ。こっちからは人員をかき集めて10人ほど連れていく。現地《げんち》での案内役は手配ずみだ。玉城《たましろ》さんという男性《だんせい》で、西表島《いりおもてじま》のことならすみからすみまで知りつくしている。何か新しい情報《じょうほう》が入ったらすぐに連絡《れんらく》するよ。」


「キリさん、まだ荒田警視《あらたけいし》から連絡《れんらく》ないのか？」

キリさんはベッドサイドのテーブルからスマホを取って確《たし》かめる。

「まだだな。そろそろだと思うけど……。」

「なぁ、ちょっと外に出ようぜ。」

「まったくおまえはいつも遊び気分なんだから。」

「いやいやいや。たとえばさぁ、取引の現場《げんば》を押《お》さえに何者かが潜入《せんにゅう》してるって、相手にバレてないともかぎらないだろ？　そしたらオレたちはフツーの観光客っぽくふるまったほうがいいじゃん。ホテルにふたりでこもってるなんてあやしいって。」

「一理あるな。」

「じゃ、キリさん……赤と青、どっちがいい？」

マッキーが取り出したのは、色違《いろちが》いのおそろいのハイビスカス柄《がら》のアロハシャツだ。

「観光客っぽいだろ？　1階のショップで買ってきたんだ。これ領収書《りょうしゅうしょ》。」

「それこそ新婚《しんこん》カップルそのものじゃねーか。オレらはジャングルに潜伏《せんぷく》するんだぜ？　これに着替《きが》えるんだ。」

キリさんは長そでのベージュのサファリシャツをマッキーに放ってよこす。

「探検家《たんけんか》とかが着るやつじゃん。そういやロビーにそういう服着てる人、いっぱいいいたな。」

「イリオモテヤマネコを探《さが》すナイトツアーの客だろうな。ジャングルでは半そでじゃ虫にさされまくる。森を歩くなら長そでが常識《じょうしき》だぞ。」

「そっか。でもこれ、仕事の現場《げんば》で着ないとなると経費《けいひ》を請求《せいきゅう》できないよなぁ。」

マッキーは2着のアロハシャツをひらひらさせる。

「う、それは困《こま》る。じゃ、とりあえず着るか。」

キリさんは青のアロハにそでを通し、サファリシャツを腰《こし》にまく。

ふたりがおそろいのアロハ姿《すがた》で外に出ようとしたそのとき、待ちかねたスマホの着信音が鳴った。

「桐久《きりひさ》です。荒田警視《あらたけいし》、今どちらですか？」

「桐久《きりひさ》くん、まずいことになった。今、石垣島《いしがきじま》の港にいるんだが、西表島《いりおもてじま》行きのフェリーが故障《こしょう》して足止めを食《く》らってる。そもそもトラブルで石垣島《いしがきじま》に着くのも大幅《おおはば》に遅《おく》れたんだ。同行メンバー10人のうち8人が食中毒《しょくちゅうどく》を起こして、新たに人員を補充《ほじゅう》することになって。」

「それはたいへんでしたね！」

「申《もう》し訳《わけ》ないが、取引が行われる夜8時に着くのは不可能《ふかのう》だ。桐久《きりひさ》くん、危険《きけん》だと思ったら現場《げんば》に行くのはやめてもかまわない。」

「せっかくここまで来たので行ってみます。踏《ふ》みこむのは危険《きけん》だと判断《はんだん》したら撤退《てったい》します。」

「そうしてくれ。今、地元の警察署《けいさつしょ》に応援《おうえん》を頼《たの》んでいるんだが、なにしろ人数が少なくて難《むずか》しいかもしれん。で、案内役の玉城《たましろ》さんには直接連絡《ちょくせつれんらく》してほしいんだ。」

ところが、どうしたわけか玉城《たましろ》さんは電話に出ない。

そうこうしているうちに日が暮《く》れていく。

取引の時間が近づいてきたので、キリさんたちがジャングルに入っていくと——。

にわかにサイレンの音が響《ひび》き、**「火事だ！」**というどなり声が聞こえてきた。

ジャングルの中で低いざわめきが起こる。

「今日はいろいろ物騒《ぶっそう》な日だな。」

マッキーがつぶやくと、キリさんは首を横に振《ふ》った。

「おかしいよ。こんなにぐうぜんが重なるわけがない。仕組まれてるんだ。」

キリさんの深刻《しんこく》な顔に、マッキーはごくりとつばをのむ。

「食中毒《しょくちゅうどく》もフェリーの故障《こしょう》も。玉城《たましろ》さんに電話がつながらないのも？」

「ああ。取引の情報《じょうほう》はウソで、オレたちふたりをおびき寄《よ》せるワナかもしれない。おそらく〈怪力乱神《かいりきらんしん》〉が仕組んだ……。」

「キリさん、助けを呼《よ》べないのか？」

「やってみるか。一般人《いっぱんじん》でも人がたくさん集まってくれればオレらに手出しはできないし。ウソにはウソで対抗《たいこう》だ。」

キリさんは大きく息を吸《す》いこんだ。


キリさんは周囲《しゅうい》の人の興味《きょうみ》を引く言葉をさけんだ。何を言ったのか。

A

解《かい》説《せつ》

キリさんは**「イリオモテヤマネコがいたぞ〜！」**とさけんだのだ。

イリオモテヤマネコは夜行性《やこうせい》。西表島《いりおもてじま》だけに生息していて現在《げんざい》は100匹《ぴき》ほどまで減少《げんしょう》している。幻《まぼろし》のヤマネコを一目見たくて西表島《いりおもてじま》にやってくる人は多い。キリさんは「この言葉を聞けばジャングルのあちこちから観光客たちが集まってくるはず」と考えた。

しかし、ここは〈怪力乱神《かいりきらんしん》〉が一枚上手《いちまいうわて》だった。〈怪《かい》力乱神《りきらんしん》〉はジャングルから人を追いはらうために火事を起こした。その思惑《おもわく》どおり、みんなは火事の様子を見ようとジャングルから走り出てしまっていたのだ。

かくしてキリさんとマッキーはジャングルに潜《ひそ》んでいた〈怪力乱神《かいりきらんしん》〉のメンバーたちにつかまってしまったのである。

長崎県

しばしのお別れ

キリさんはうすく目を開けた。
暗くて、やけに古くさい部屋である。
キリさんとマッキーは並《なら》んで座《すわ》らされていた。
両手首を後ろでしばられているが足は自由だ。
キリさんはひざを立てて、汚《よご》れたたたみを踏《ふ》んでみた。
幸いどこもケガはしていないらしい。
「オレたちは西表島《いりおもてじま》のジャングルにいたはずだがな。」
キリさんが言うと、マッキーがうなずいた。
マッキーは少し前に目を覚ましていたようだが、まだぼんやりしている。
それでも、かすれ声でこうつぶやいた。
「たぶんオレたちは何か薬物を打たれて眠《ねむ》らされて、さらわれたんだ。」
窓《まど》から強い風が吹《ふ》きこんできて、ふたりは身ぶるいした。

ガタガタ揺《ゆ》れる窓《まど》わくにはほとんどガラスが入っていない。

「それにしてもここはどこなんだ？」

キリさんは目をこする代わりに、パチパチまばたきしながらあたりを見回した。

昭和時代のものらしい旧型《きゅうがた》のテレビが目についた。

壁《かべ》には黄ばんだカレンダーが貼《は》ってある。

「昭和49年のカレンダーだぜ？」

「ってことは……キリさん、オレたちタイムスリップしちゃったわけ？」

「アホ！　んなわけねーだろ！」

そのとき。台所から男がしのび笑いとともに姿《すがた》を現《あらわ》した。

「軽口をたたく元気があってけっこう。ここは軍艦島《ぐんかんじま》。わたしは〈怪力乱神《かいりきらんしん》〉の総《そう》帥《すい》、海底万里《かいていばんり》だ。」

キリさんとマッキーはハッとして立ち上がり、身構《みがま》える。

海底万里《かいていばんり》と名乗った男は、オールバックにした白髪《しらが》まじりの髪《かみ》をなでつけて口のはしに笑《え》みを浮《う》かべた。

仕立てのいいスーツを着て、上品でおだやかな紳士《しんし》に見える。

右手に持った銃《じゅう》をふたりに突《つ》きつけていなければ。

「『廃墟《はいきょ》の島』といわれる、あの軍艦島《ぐんかんじま》か？」

軍艦島《ぐんかんじま》は、正しくは端島《はしま》という。長崎半島の海岸から4キロメートルほどはなれた海上に浮《う》かぶ、とても小さな島である。

もとはもっと小さな島だったが、石炭を採掘《さいくつ》するための島として開発され、拡張《かくちょう》された。そしてわずか東西160メートル、南北480メートルの土地に石炭採掘《さいくつ》にかかわる人々と、その家族が暮《く》らすようになったのだ。

土地がせまいから建築物《けんちくぶつ》は上に高くなる。

大正時代、日本初の鉄筋《てっきん》コンクリートアパートができたのはこの島だ。

最盛期《さいせいき》の昭和30年代には5000人以上の島民が住み、学校や病院のほか、商店や映画館《えいがかん》などの娯楽施設《ごらくしせつ》にお寺までなんでもそろっていた。高層《こうそう》ビルが立《た》ち並《なら》ぶ様子が軍艦《ぐんかん》のように見えるから「軍艦島《ぐんかんじま》」と呼《よ》ばれるようになったのだ。

しかし、石炭より石油が重宝《ちょうほう》される時代に移《うつ》りかわり、1974（昭和49）年に炭《たん》鉱《こう》は閉山《へいざん》に。

仕事がなくなった島民は全員島をはなれ、以来、軍艦島《ぐんかんじま》は無人島となる。

「海底万里《かいていばんり》さん。なぜオレたちを殺《ころ》さずにここまで連れてきたんだ？」

キリさんはこう言いながら、目だけを動かして慎重《しんちょう》に部屋を観察した。

「ただふつうに殺《ころ》してもつまらないからさ。わたしが考えたシナリオはこうだ。桐久《きりひさ》と牧野《まきの》は、探偵業《たんていぎょう》の裏《うら》で窃盗《せっとう》を行っていた。軍艦島《ぐんかんじま》に隠《かく》してあった盗品《とうひん》を引き上げに来たが、分配をめぐってけんかになる。銃《じゅう》を持ち出し、相討《あいう》ちでふたりとも死亡《しぼう》。後日、盗品《とうひん》とともにふたりの死体が発見されるわけだ。お二方には汚名《おめい》を着て死んでもらう。」

「なるほど。オレたちの死体はだれが発見してくれるんだ？」

「心配ご無用。軍艦島《ぐんかんじま》の見学ツアーは大人気だ。風はじきにやむ予報《よほう》だから、明日には観光船が来る。君たちの遺体《いたい》は観光客が見つけやすい場所に転がしておくよ。」

「観光客は今にもくずれそうなアパートには入ってこられないものな。今、あんたの部下たちはオレたちの死に場所をみつくろってる最中か？」

「まあ、そんなところだ。」

海底氏《かいていし》が言うと、キリさんはくちびるをかんでうつむいた。しかし、次の瞬間《しゅんかん》、窓《まど》に目をやって――ほんの少しだけうれしそうな顔になったのだ。

海底《かいてい》氏はその微妙《びみょう》な変化を見逃《みのが》さなかった。

彼《かれ》が窓《まど》のほうをふり返ったとき、キリさんは海底《かいてい》氏の右手の銃《じゅう》を足でけってはじき落とした。さらにテレビを倒《たお》すと、くさったたたみに見事に穴《あな》が開く。

キリさんとマッキーはふたりがかりで海底《かいてい》氏を頭から穴《あな》に落としたのである。

仕上げに、タンスを引きずってきて海底《かいてい》氏の上にフタをする。

「この野郎《やろう》！　逃《に》げられると思うなよ！」

背中《せなか》に海底《かいてい》氏の声を聞きながら、ふたりは風のように逃《に》げ出《だ》した。


廃墟《はいきょ》の島といわれるだけあって、危険物《きけんぶつ》が放置されているのが幸いだった。

キリさんとマッキーは両手をしばっているロープを折れた鉄骨《てっこつ》にこすりつけて切るのに成功した。

ふたりは桟橋《さんばし》を見回したが、残念ながら〈怪力乱神《かいりきらんしん》〉の船は見つからなかった。

「あいつら、どこに船を隠《かく》したんだろうな。」

マッキーはぶつくさ言った。

ふたりともスマホを奪《うば》われていたので外部に助けを求めることはできない。

「桟橋《さんばし》の近くにいるのは危険《きけん》だ。とにかく隠《かく》れよう。隠《かく》れ場所《ばしょ》はいっぱいあるからな。」

この小さな島にはほとんどすきまなく、ビルが林のように建っている。

古いビルなのでエレベーターはなく、ビル同士《どうし》がところどころ渡《わた》りろうかや階段《かいだん》でつながっている。

キリさんはコンクリートの破片《はへん》を拾ってマッキーに渡《わた》した。

「これをときどき外階段《そとかいだん》に投げ上げるんだ。音を立てれば目くらましになる！」

「ＯＫ！　で、オレらが生還《せいかん》するための作戦は？」

キリさんは走りながら、上空から注ぐ灯《あか》りを指さした。

「灯台だ。光を点滅《てんめつ》させてＳＯＳの信号を発信する！」

ふたりは灯台をよじのぼり、どうにか鍵《かぎ》をこじあけた。

ほかの建物にいっさい灯《あか》りがついていないところを見ると、この島に電気は通っていない。どうやらエネルギー源《げん》は太陽光発電で、暗くなると勝手に点灯するらしい。

「キリさん、早くしないと。灯台に来たのを感づかれたらアウトだぜ。」

「わかってるって！」

汗《あせ》だくになりながら灯台の機械をいじったが、ふたりは機械にそれほどくわしいわけではない。

光を点滅《てんめつ》させるなんていう芸当は難《むずか》しく、灯《あか》りはフッと消えてしまった。

「やべぇ！　こわしちゃった！」

「しょうがない。マッキー、下りるぞ。落ちんなよ！」

壁《かべ》がところどころこわれた作業場に身を潜《ひそ》めたところでふたりはちぢみ上がった。

海底《かいてい》氏の声が聞こえてきたからだ。

「最初の計画はナシだ。見つけたらかまわず撃《う》て！」

海底《かいてい》氏たちが持っている懐中《かいちゅう》電灯の光が脇《わき》を通りすぎていったので、キリさんとマッキーはひとまず胸《むね》をなでおろす。

「風はおさまった。明日の昼には観光船が来るだろうが、それまでこの追いかけっこを続けるのは無理だろうな。」

「じゃ、どうするんだよ、キリさん！」

キリさんの瞳《ひとみ》は真っ暗な海を見つめていた。

ザバーン！

ザバーン！

静かな海に2回、水音がしたのを聞き、海底《かいてい》氏はふたりの部下と岸壁《がんぺき》に走った。

「ここから一番近い中《なか》ノ島《しま》までだって1キロメートル近くある。そこまで泳ぐつもりか？」

海底《かいてい》氏は懐中《かいちゅう》電灯を海面に向けた。

しかし、波間に人影《ひとかげ》は見えなかった。

「わたしを苦しめた名探偵《めいたんてい》の命もこれまでか。桐久《きりひさ》はもう少し手ごたえのある男だと思っていたがな……。」

Q
キリさんとマッキーはこの晩《ばん》のうちに救出《きゅうしゅつ》され、海底《かいてい》氏たちは逮捕《たいほ》された。いったい何が起こったのだろうか。

A
解《かい》説《せつ》

キリさんたちは海に飛びこんではいなかった。その辺にあった大きなガレキを海に落とし、海に飛びこんだと思わせたのである。海底《かいてい》氏たちが近くにいなくなると、ふたりは地下に深く掘《ほ》られた炭鉱《たんこう》の跡《あと》に隠《かく》れた。ふたりは翌日《よくじつ》の昼、観光船が来るまでここに隠《かく》れているつもりだったが、ほどなく軍艦島《ぐんかんじま》に海上保安庁《かいじょうほあんちょう》の巡視艇《じゅんしてい》と水上警察《けいさつ》が到着《とうちゃく》。灯台の灯《あか》りが消えたので、漁船が通報《つうほう》したためである。

海底《かいてい》氏は人目につかない場所に小型船《こがたせん》を停泊《ていはく》させていた。夜の航海《こうかい》は危険《きけん》なので、明るくなってから出発する予定だったのだ。だが、夜のうちに本土に戻《もど》ったキリさんとマッキーがすぐに警察《けいさつ》に報告《ほうこく》し、夜明けごろに警察《けいさつ》官《かん》たちと島を包囲《ほうい》。海底《かいてい》氏と部下２名はあっけなく追《お》い詰《つ》められ、この軍艦島《ぐんかんじま》で逮捕《たいほ》されたのだ。

エピローグ

「全国で〈怪力乱神《かいりきらんしん》〉のメンバーが続々と自首してるんだって。組織《そしき》は壊滅《かいめつ》だな。」

マッキーは週刊誌《しゅうかんし》を運転席の後ろに投げた。

「海底万里《かいていばんり》の犯罪歴《はんざいれき》はものすごいから、当分刑務所《けいむしょ》から出てこないだろうし。ヘタすりゃ一生出てこないかもな。つまり、これでオレらも東京にもどれるってわけだ。」

キリさんはヒューッと口笛を吹《ふ》いた。マッキーは少し名残惜《なごりお》しそうな顔になる。

「ま、この旅けっこうおもしろかったぜ。」

「ってか、東京に帰っても家はないんだ。家建てるの半年くらいかかるんだろ?」

「じゃ、まだしばらくキャンピングカー暮《ぐ》らしが続くのか。うっとうしいけど。」

「けっ、それはこっちのセリフだぜ!」

キリさんとマッキーは言葉とは裏腹《うらはら》に、こぶしを軽くコツンと合わせた。

キャンピングカーはふたりの笑い声を響《ひび》かせながら走りだす。

ふたりの行くところ事件《じけん》はつきないが、ひとまずはここで幕《まく》とさせていただこう。

あとがき

キリさんとマッキーの日本一周、いかがでしたか？　数えてみると、わたしが訪れたことがあるのは29都道府県。残る18県、制覇《せいは》したいなぁ。

わたしの両親は外出がきらいでした。ですので、子どものころは旅行どころか家族で出かけることすらとても少なかったんです。そんな小学生時代、わたしをいろんなところに連れていってくれたのが本です。本ってすごい！　家にいながらにして外国にも、大昔や未来、宇宙《うちゅう》やファンタジーの世界にも行くことができるんですから。

本は世界の広さ、想像《そうぞう》する楽しみを教えてくれました。「親は『出かけると疲《つか》れるし、家にいれば安心だ』と言うけど、外に出かけていったら楽しいことに出会えるんじゃない？」と気づきもしました。でも、一方で「実際《じっさい》に出かける」ことが、読書より価《か》値《ち》が高いとは思いません。本を選んで読むことも「行動」であり「体験」なのですから。

今もわたしは３６５日、本を読まない日はありません。「読む」と「書く」の二刀流というわけです。この本の感想、もらえたらうれしいなぁ。また、会いましょう！

栗生《あおう》こずえ

栗《あ》生《おう》こずえ

東京都生まれ。小説家、編集者、ライター。マンガを紹介する書籍の編集多数。児童書ではショートショートから少女小説、伝記まで幅広く手掛ける。おもな著書に「3分間サバイバル」シリーズ（あかね書房）、『かくされた意味に気がつけるか？　3分間ミステリー　真実はそこにある』、「ギリギリチョイス」シリーズ（ともにポプラ社）、「ストロベリーデイズ」シリーズ、『そんなわけで都道府県できちゃいました！図鑑』（ともに主婦の友社）などがある。

装画・挿絵：井出エミ
ブックデザイン：小口翔平＋畑中茜（tobufune）
組版：津浦幸子（マイム）

5分《ふん》でスカッとする結末《けつまつ》
日本一周《にほんいっしゅう》ナゾトキ珍道中《ちんどうちゅう》
西《にし》 日本編《にほんへん》

二〇二四年一〇月二九日　第一刷発行

著者　粟生《あおう》こずえ
発行者　安永尚人
発行所　株式会社講談社
東京都文京区音羽二－一二－二一
郵便番号　一一二－八〇〇一
電話　出版　〇三－五三九五－三五三五
販売　〇三－五三九五－三六二五
業務　〇三－五三九五－三六一五
印刷所　共同印刷株式会社
製本所　大口製本印刷株式会社

N.D.C. 913　159p
19cm　ISBN978-4-06-537062-9

KODANSHA